THE VIRGIN OF THE P

Pere Calders

Pere Calders

THE VIRGIN OF THE RAILWAY
and Other Stories

translated from Catalan by

Amanda Bath

Aris & Phillips — Warminster — England

ISBNs   0 85668 546 1 cloth
         0 85668 547 X paper

British Library Cataloguing in Publication Data
A catalogue record for this book is available from the British Library

The publishers gratefully acknowledge the financial assistance of the Institució de les Lletres Catalanes with this translation.

Printed and published in England by
Aris & Phillips Ltd., Teddington House, Warminster, Wiltshire BA12 8PQ

in association with:
The Centre for Mediterranean Studies, University of Bristol, 12 Priory Road, Bristol BS8 1TU

and the
Institut Català d'Estudis Mediterranis, Barcelona

CONTENTS

This book is dedicated with affection

to the memory of

Toni Turull

FOREWORD

Established at Bristol University in 1987, The Centre for Mediterranean Studies (CMS) is an inter-disciplinary research centre, with special focus on the countries of Mediterranean Europe including, of course, Spain. Its role, among other things, is to promote cooperation with universities, institutes and public bodies in these countries. The dominant theme of the CMS's first collective projects, which were the problems of transition and consolidation of new democracies in Southern Europe, also clearly included a cultural dimension, and early on, The Centre established links with Barcelona, when the idea was formed to pursue a programme for publishing translations of Catalan writers.

Discussions were held with the Catalan Institute of Mediterranean Studies (ICEM) and the Institute of Catalan Literature, acting for the Department of Culture of the Catalan regional government (Generalitat) which sponsors the promotion of Catalan literature abroad. It was agreed that the Centre for Mediterranean Studies should act as the agent for launching a series of such publications for the English-language market. This plan has now come to fruition with this first volume, and a special thanks should go to Lucinda Phillips of Aris & Phillips, a past student of Bristol University, for her interest in seeing this project.started.

Catalan literature has a history extending over eight centuries, although in the early modern period it suffered a decline. There followed a renaissance of Catalan language and literature in the more prosperous 19th century, linked to Romanticism and later Modernism. However, the suppression of Catalan culture by the Franco regime provided a setback to this development, for Catalan virtually disappeared as a written living language. But this did not prove ultimately fatal to Catalan literature. Social and political changes in the last decade of that regime acted as a stimulus for literary revival, although still within limits. The replacement of the authoritarian regime by a new liberal democracy, following Franco's death in 1975, released much literary energy which in turn drew strength from the official recognition of the Catalan language.

Catalan writers today may represent a "minority literature" in the sense of using a regional language as their vehicle for expression. However, it is spoken outside Catalonia in Spain and has as many speakers as some national "minority" languages in Western Europe.

A special tribute should be made to Antoni Turull, who died early in 1990 and to whom this book is dedicated. Toni spent half his life in Britain out of the need for personal and intellectual freedom, but thought of himself as a Catalan writer working away from his native Catalonia to which he remained passionately devoted. He won one of the main Catalan literary awards for his novel *La Torre Bernadot* published in 1985. For twenty-five years he taught in the Department of Hispanic,

Portuguese and Latin American Studies at Bristol University and acted with great enthusiasm as special consultant to this programme for published translations of Catalan authors until his last months. He provided much inspiration behind it when I was preparing and developing this programme, and it was at his suggestion that we chose to launch the series of books with this present collection of short stories by Pere Calders.

Calders is one of the most important of contemporary Catalan writers, known primarily as a story-teller of humour and fantasy, although he has published some novels. His work has been written exclusively in his native Catalan language. Having spent almost half his life in exile, his work was not fully appreciated in Spain until the 1970s, largely because of the suppression of writers by the Franco regime. This present volume presents a first opportunity for English-language readers to catch the flavour of his short stories which are presented opposite the original text in Catalan, for those who would like to become better acquainted with the language.

Amanda Bath, who has translated these stories by Pere Calders, is a recognised expert on his work, having written her postgraduate thesis on Calders, under Toni Turull's guidance, at Bristol University.

We hope that readers of this series of books of Catalan literature, not widely known at present in the English-speaking world, may find much to enjoy, given its intrinsic merits and the growth of interest in recent times in works from Southern Europe and Latin America. Other Catalan writers being considered for translation include Mercè Rodoreda, Joan Perucho, Salvador Espriu and Baltasar Porcel.

In the last decade of the twentieth century, there seems to be a significant tendency to favour foreign – especially European – literature, in translation, perhaps because of the appeal of panoramic issues which invariably surface in these modern works.

Geoffrey Pridham
Centre for Mediterranean Studies
University of Bristol   October 1990

INTRODUCTION

Pere Calders' Life and Times

Pere Calders is today acknowledged in his native Catalonia as a leading exponent of the humorous short story and novel. Although he has displayed ample evidence of his literary talents since 1936, recognition has come only in the last decade. His work is innovative and does not readily conform to literary trends which prevailed in Spain in the post-Civil War years. Calders' own life was thrown into upheaval as a result of the war and he lived as a voluntary exile in Mexico for twenty-three years, returning to Barcelona only in 1962. Throughout his life he has written exclusively in Catalan – both fiction and non-fiction – even when there were few readers of Catalan available to receive his words.

Pere Calders i Rossinyol was born on 29 September 1912 in Barcelona, the only child of Vicenç Caldés and Teresa Rusiñol. His formative years were spent in a strongly Catalan home atmosphere. His father was an enthusiastic man of letters who published several short novels in Catalan. He was often absent on business and Calders spent much of his early life up to the age of eight with his mother and grandmother between the family home in Clot (a suburb of Barcelona) and the maternal family home, a farmhouse some fifteen miles north of Barcelona.

From early on Calders came into contact with the art of story-telling. He recalls how the family would gather together around the fire at night and spend happy hours recounting tales of crimes, witches, ghosts and other strange things. It was Calders' mother who taught him to read and his father who fired him with an enthusiasm for books and creative writing. An early favourite work was *L'oreig entre les canyes,* (The Breeze among the Reeds), a volume of poetry by Josep Carner, published in 1920 and written in accordance with the newly standardized rules of Catalan spelling and grammar.

Catalonia at the beginning of the twentieth century was coming alive with a dynamic sense of its cultural identity. In 1906 Enric Prat de la Riba published *La Nacionalitat Catalana*, and in 1907 the Institut d'Estudis Catalans was founded. Libraries and archives were established and a wide-ranging programme of cultural, educational and linguistic reforms were initiated. The opportunity to study Catalan-related subjects in the Catalan language helped to galvanize the population: Catalonia began to assert itself as an autonomous region within Spain.

The Catalan language was standardized and recorded by Pompeu Fabra in his *Normes Ortogràfiques*, published in 1913. This laid down rules of grammar and spelling, and brought to an end the debates which had rumbled on since the turn of the century around the question of language reform. Prior to Fabra's reforms, two distinct Catalan idioms coexisted: on the one hand an archaic, literary language, and on the other the *llengua viva* as spoken by the people. Fabra's reforms depended for

their acceptance on the cooperation of the literary fraternity of the time, most of whom readily adopted them.

By 1910 Catalan literature was reflecting modern European thought, both through the original work of its own authors and through translations of foreign literature. Catalan language and culture were no longer a quaint regional curiosity of mere folkloric appeal. They had important statements to make and a regional spirit – the spirit of modernist thought – to convey. Writers of the period included Víctor Català and Prudenci Bertrana, who portrayed the individual in confrontation with a hostile rural environment, and Joaquim Ruyra who evoked his beloved Costa Brava in lyrical, mystical tones. In contrast, Santiago Rusiñol's "costumbrista" novels commented satirically on urban bourgeois aspirations and outlook. Rusiñol was to be an important influence on Pere Calders.

Around 1911 Modernism began to make way for a new group of intellectuals, the 'noucentistes' who allied themselves with the politicians of the reformist Lliga Regionalista party. The chief theoretician behind the movement was Eugeni d'Ors who, in a series of elegant essays, advocated reasserting classical values of order, intelligence, clarity and craftsmanship in literature to supercede the sometimes disorderly and amateurish writings of the modernists. Although the modernists and the 'noucentistes' shared a common aim: to reflect through Catalan culture and letters the spirit of the region, they differed profoundly in their view of how this spirit should be depicted. The 'noucentisme' movement delighted in order while the modernists depicted chaos; the former were stylistically cultured and artificial and depicted urban life; the latter natural and realistic and depicted rural ways. Thus a romantically-inspired movement gave way to a classically-inspired one.

But it was not to last. Noucentista literature, intended to have a civilizing efect on the region, failed to have the impact its authors had hoped for because it did not appeal to the general public it was intended to influence. While poetry, the short story and the essay thrived, no novels were published between 1912 and 1925. Great writers of the period included the poets Josep Carner, Guerau de Liost and Carles Riba and the prose writers Carles Soldevila, Alexandre Plana and Agustí Esclasans.

After 1920, 'noucentisme' declined both as a political and as a literary movement. Ors' literary aesthetic was called into question by a new generation of writers and thinkers who felt constricted by its excessively rigid code and who were anxious to explore new conceptions of art and literature. Among the new trends identifiable in Catalan writing after 1920 was a tendency to demystify life through humour. The 'Grup de Sabadell' (Sabadell Group), which included Joan Oliver and Francesc Trabal, used humour, irony and satire to poke fun at the world around them. They set out, not only to question the worthiness of bourgeois values, but also to cast a critical eye over the literature which purported to reflect them. The experimental fiction produced by the Sabadell Group included poetry, theatre, novels and short stories. In a development of the stance taken by Rusiñol in his 'costumbrista' novels, they broke conventions and reduced fictional characterization to caricature. Activities and dialogue were distorted and simplified to ludicrous

extremes, and bourgeois life was parodied through exaggeration or manipulation of its codes of conduct. This literature was to have considerable appeal to a new generation of writers, including Calders, who commenced their literary careers in the early 1930s.

Fabra's normalized Catalan language became the medium of communication and written expression in many new schools founded over this period. From the age of eight, Calders attended the prestigious 'Móssen Cinto' school which taught according to the Montessori method. The school was highly regarded in particular for its Catalan language tuition and the emphasis that was placed on developing the pupils' powers of self-expression through writing.

Partly owing to its success in fostering a Catalan perspective in its teaching, the school was forced to close in 1923 under the Primo de Rivera dictatorship. Pere Calders recalls the day the soldiers arrived to shut it down on the grounds that it was subverting its pupils with "separatist" teaching. The accusatory evidence took the form of some maps of Spain used by the children, which showed linguistic rather than political boundaries and depicted Catalonia as though it were a separate nation. Classes continued for Calders and a few other pupils in a room rented by the school's headmaster, Josep Peronella. And when the rent could no longer be paid, Peronella continued to teach the group in his own home.

In 1929, at the age of 17, Calders enrolled to study art at the Fine Arts Academy. Although his first love was writing, a training in commercial art seemed to offer better career prospects and this indeed proved to be the case: Calders was to earn his living from his artwork throughout his working life. Journalism, nevertheless, attracted him powerfully. His first writing assignments came when he was accepted as a sub-editor on the Barcelona daily financial paper *Diari Mercantil*. His first humorous essays were published here in 1933.

In 1931 there was a peaceful transition from the Primo de Rivera dictatorship to the Second Republic. The following year the 'Estatuto de Autonomía de Cataluña' was approved in Madrid. This permitted Catalonia once more to wield some control over its own affairs. The Esquerra Republicana, under the leadership of Francesc Macià, took power and a modest regional government for Barcelona, the 'Generalitat', was formed. During the next six years Catalan cultural, artistic and literary activities received an immense impetus. Twenty-seven daily newspapers and more than a thousand magazines were published in Catalan throughout the region, and Catalan book publishing also increased substantially.

In October 1933 Calders was given a regular column reviewing the latest art exhibitions in a new but short-lived newspaper called *Avui*. The first of his short stories to appear in print, "Història de fantasmes o el capilar 'Estrella'" was published here. Josep Janès i Olivé, *Avui*'s dynamic young editor, became a friend to Calders, encouraging the young writer and assisting with the publication of his first two books. *El Primer Arlequí*, a collection of stories, and a short novel, *La glòria del doctor Larén*, were both published by Janés' publishing company, Quaderns Literaris, in 1936.

Catalan writers enjoyed an exciting, but all too brief period of cultural freedom during the 1930s. The outcome of the Spanish Civil War was a terrible blow, but particularly to the younger generation of writers, such as Calders, who were just finding their footing in the Catalan literary community when the war put an end to such pursuits. This generation of writers, the beneficiaries of enlightened teaching methods and of the Catalan linguistic reforms, their enthusiasm fired by the opportunities for cultural activity offered since 1931, found themselves outlawed, and their literary talents largely redundant. These young writers, the 'lost generation', were prevented by historical circumstances from finding cohesion as a literary group.

When the war broke out in 1936, Calders joined an artists' cooperative, the Sindicat de Dibuixants, which took on responsibility for the production of war posters, notices, pamphlets, cartoons and other war propaganda. The cooperative took over L'Esquella de la Torratxa , an ailing cartoon weekly, and Calders and a friend, Avel.li Artís Gener, were put in charge of revitalizing it. This they did with spectacular results: L'Esquella became a best-selling satirical magazine. A talented team of cartoon artists, including Calders himself, were regular contributors and at the peak of its success sales reached 68,000 copies a week (an unprecedented record for a Catalan magazine in the 1930s).

During 1938 L'Esquella lapsed into decline again, not through any waning of its popularity, but because one by one its staff left to enlist in the army to fight for the Republican cause. Although Calders was exempt from military service on account of his war-work with the Sindicat, he nevertheless decided to enlist as well. He left Barcelona in September 1937 with several colleagues from L'Esquella.. He received training as a map specialist, was promoted to Sergeant and joined the 40th Division front line at Teruel. There he witnessed the fierce campaign for possession of the city during the bitterly cold winter of 1937 and 1938.

Even in the trenches Calders still found time for writing. His main literary project at this time was a war journal: twelve episodes tracing the progress of himself and his comrades through their training at Castellón, their journey to the front and the taking of Teruel. This work, Unitats de Xoc (Shock Troops), was commissioned and published by the Institució de les Lletres Catalanes. It offers an ordinary man's vision of war, recounted with diary-like informality and containing a poignant and moving sense of the cruelty and destructiveness of war while, at the same time, conveying a suitably heroic message in keeping with its propagandist purpose.

Teruel fell to the Republican army in January 1938, but was retaken by Franco's troops in February. With this, the Republican front was broken and the retreat to Barcelona began. Astonishingly, despite the turmoil and feverish activity, Calders somehow found time to write a full-length novel in the few months remaining to him in war-torn Barcelona. Gaeli i l'home deu, (published in 1986) is set in a revolutionary Barcelona in which the Repubican cause is triumphant. But it is a work of pure escapism in which supernatural powers are used in an attempt to thwart evil in the world and create a utopia of peace and harmony.

In his final retreat out of Spain, pursued by Franco's forces, Calders and the eighteen men he commanded as sergeant, travelled via Figueras, and crossed the Spanish/French border at Coll d'Ares on 10 February 1939. Calders was interned, together with some fifteen thousand others, in a camp at Prats de Mollo. Conditions were appalling, dysentery was rife and many died from wounds, illness, infections and, not least, the bitter winter cold.

Calders and a group of friends escaped from the camp and travelled via Perpignan and Toulouse to Roissy-en-Brie where part of a local chateau had been made available for Spanish refugees. Since Spain offered him no future, Calders reconciled himself to emigration. By mid-1939 his application to go to Mexico had been approved and he sailed from Bordeaux in July. He left with nothing but a small bag, 33 French Francs, and two letters of introduction: one to Josep Carner the eminent Catalan poet and diplomat, and another to the brother of a friend who had a small business in Mexico City.

The friend's brother was unable to help: Calders found him destitute, abandoned by his business partner who had disappeared with the company's money. Calders, aged 26 and extremely shy, felt no slight trepidadion at the prospect of using his letter of introduction to Josep Carner. However, the interview went far better than he had dared to hope. Carner provided immediate practical assistance by buying three of Calders' short stories for the generous sum of 80 pesos, on behalf of a fictitious publisher. He gave Calders an introduction as a commercial artist to the publishing house Editorial Atlante, and the address of a dormitory for refugees. Carner, whose work had been inspirational to Calders from his earliest youth, now materialized as a figure of great humanity and kindness who took the young writer under his wing in an avuncular gesture for which Calders was eternally grateful.

Calders was one of many Catalan and Spanish refugees who left Spain after the war. The enormous exodus was a serious loss to Spain since many of those who left were professionals, including doctors, university lecturers, teachers and writers. Many opted to go to Mexico and were welcomed there. Although the Catalan community in Mexico was inevitably a tiny cultural movement within so large a country, great efforts were made to publish journals and books, to celebrate Catalan cultural events, and to hold literary conventions and social activities. The Orfeó Català in Mexico City soon developed from a modest social club into a large cultural centre with its own choral, theatrical and dance groups.

One of the most remarkable achievements of exiled Catalan writers was their effort to continue to publish Catalan books and magazines, in their anxiety to preserve a language and cultural tradition whose expression was now prohibited in their homeland. Calders involved himself wholeheartedly with the many literary projects undertaken by Catalans in exile. He contributed stories, articles and cartoons to the many Catalan journals published in Latin America, including *La Revista dels Catalans d'Amèrica, Catalunya, La Revista de Catalunya, Full Català, Quaderns de l'Exili, Lletres* (which he edited with a friend, Agusti Bartra), *La Nostra Revista, Pont Blau,* and *La Nova Revista.* Of particular interest is his own journal, *Fascicles Literaris,* six issues of which appeared between September 1958

and April 1959. This he produced entirely alone; each issue contained one of his stories and articles on linguistic and cultural matters. He printed a hundred copies of each issue and distributed them free to friends.

To start one's career afresh in a foreign land is no easy task, and to those writers for whom Catalan, rather than Castilian, was their mother-tongue, Mexico was doubly foreign. In retrospect, Calders has glossed over this period of his life as an interesting interlude but there is no doubt that he suffered extreme hardship during his first years in Mexico City. The practical problem of earning a living was coupled with the psychological trauma of recently experienced war horrors and the abrupt separation from his roots, both literary and personal.

Thanks to his training in commercial art, Calders was able to find work with various graphic design firms. His assignments included innumerable illustrations for an encyclopedic dictionary. To earn extra money during his early years in Mexico, Calders took on other diverse projects. He ran a printworks and a carpentry business for a short time but both failed, perhaps, as Calders wryly remarks, because he had neither the aptitude nor the training for either enterprise.

In 1943 Calders married a lifelong friend, Rosa Artís-Gener, sister of Avel.li, and thus began an era of new-found contentment. They had three children, a boy and two girls. This was also a period of intense literary activity for Calders. In 1942 he was awarded the Concepció Rabell prize at an annual Catalan literary convention with a collection of short stories, 'Disset contes'. These were later to be included in the published collection *Cròniques de la veritat oculta*. A step toward greater public recognition came with the inclusion of four of Calders' stories in Joan Triadú's important *Antologia de contistes catalans (1850 – 1950)*.

As a whole, the decade 1950-59 was a particularly fertile period in Calders' literary career. He wrote some of his best known stories during this period, as well as a novel called 'La Ciutat Cansada' which remained unpublished and is now lost, and the novel *Ronda naval sota la boira* (Sea Cruise in the Fog), written between 1954 and 1955 but not published for another eleven years. *Ronda naval* was written at a time when Calders had a studio of his own, permitting him the luxury of entire afternoons free for writing. He spent much thought and time on this work and it reflects, perhaps better than any other, the personality, sense of humour and outlook of its author. Yet it is the work which has received the least attention from critics and scholars.

The immediate post-war years in Spain were grim as the new regime enforced law and order through a cruel suppression of all perceived "subversion." In the regions which had enjoyed autonomy, repression was particularly harsh. Catalonia suffered a two-pronged persecution, firstly against anyone who had been involved politically with the republican cause and, secondly, against all Catalans for the crime of having threatened the "unidad de la patria" (unity of the fatherland). This political and cultural purge did not begin to ease until the late 1940s, and it was not until the early 1950s that permission was given to publish in Catalan once more.

Several Catalan publishers now commenced operations. At first they published only folkloric and religious writings, but soon short stories, poems and novels began

to appear. Nevertheless, the mass media continued to be exclusively Castilian, and Catalan language tuition was not permitted in schools. The dearth of Catalan readers during these years had grave economic consequences for Catalan publishers and writers alike. Writing was strictly a part-time occupation since no author could live by composition alone. Publishers inclined towards a policy of shrewd conservatism, tending to publish the works of established authors whose popularity was assured, and the winners of literary prizes. The best hope for an unknown Catalan author was to enter literary competitions. The 'Víctor Català' prize for the short story (celebrated annually since 1953), and the 'Sant Jordi' novel prize (inaugurated in 1960 as a counterpart to the prestigious Nadal prize for novels in Castilian), were enormously coveted as a means of establishing an author's reputation. Calders was to win both awards.

In the late 1950s and early 1960s a small group of Catalan writers began to find avenues for publication. Their work frequently bore witness to an intolerable reality, as far as they were permitted to express this and, as a result, often took the form of an introspective literature of social realism. Authors such as Estanislau Torres, Ramon Folch i Camarasa, Josep M Espinàs and Joaquim Carbó set out to analyse and to protest at various aspects of modern society by examining contemporary Catalan life in a documentary-realist way. Calders was to take issue with this "historical realism" in literature in a series of essays published in the religious and cultural magazine *Serra d'Or* in 1962.

This is one of the few occasions when Calders has expounded his personal views on literature. His basic premise is that the writer should be permitted "una total llibertat per al somni" (absolute freedom of the imagination). He urges writers to resist the temptation to follow literary trends and fashions, which fluctuate as the pendulum of taste swings between, at the one extreme, myth and unreality and, at the other, mimetic realism. In the same way that photography long ago freed the painter from the duty of faithfully representing reality, so, too, literature has been liberated by the cinema, television and published mass media from the obligation to disseminate facts. Writers are free to express anything in any way, to evade realism altogether if they want to, and to "buscar altres noms a les coses per veure si es poden expressar amb una altra profunditat o una altra dimensió" (seek out new names for things, to see if they can be described from different angles or perspectives).

Calders' father, who had remained in Barcelona, worked with Joan Triadú to collect together many of the short stories Calders had published in various (mostly Mexican) literary journals over the years. In 1954 a selection of Calders' stories was submitted for the Víctor Català prize, which it won. Triadú then arranged the stories into three sections, wrote a prologue and introduction to Calders' fiction, and the collection was published as *Cròniques de la veritat oculta* (Chronicles of the Hidden Truth). This proved a landmark in Calders' literary career. The book prompted the first serious studies of Calders' fiction and, having drawn the Catalan reading public's attention to his work, it was then not difficult to find a publisher for two

further collections of stories: *Gent de l'alta vall* (People from the High Valley), (1957), and *Demà a les tres de la matinada* (Tomorrow at Three in the Morning), (1959).

In 1962, after twenty-three years of exile in Mexico, the Calders family decided to return to Catalonia. A job opportunity in Barcelona presented itself, and it was the hope of Calders and his wife that their young children might readapt to a Catalan lifestyle before they became too old to make the transition. The Calders family arrived in La Coruña in November, minus one trunk of luggage which, distressingly, contained irreplaceable original manuscripts of some of Calders' unpublished fiction, never to be seen again.

In 1962 Pere Calders completed his second major novel, *L'Ombra de l'Atzavara* (The Shade of the Agave), which won the Sant Jordi prize for 1963 and was published that year. This work, unlike so much of his other fiction, was conventional in its style and outlook. Indeed, it was reported to have caused some indignation among the expatriate Catalan community in Mexico which perhaps saw itself rather too frankly depicted for comfort. It describes the experiences of Catalan exiles living in Mexico City some twenty years after the Spanish Civil War. Its chief character, Joan Deltell, is a man obsessed by dreams of bettering himself and returning to an idealized Catalonia. He sees an opportunity to make his fortune through a partnership in a small printing-works owned and run by Mexicans. The business is disastrously unsuccessful and Deltell's gullibility and ignorance of Mexican ways is fully exploited by the indigenous people. He ends up badly in debt, greatly disillusioned, but a wiser man.

The Sant Jordi prize established Calders on the Barcelona literary scene and he was able to publish the accumulated fiction he had written in Mexico. His own personal favourite work, *Ronda naval sota la boira*, was published in 1966, followed the next year by *Aquí descanas Nevares* (Here Lies Nevares). A collection comprising all his previously published short stories, and fifteen unpublished stories appeared in 1968 as *Tots els contes 1936 – 1967*. In 1969 the first translation into Castilian of a selection of Calders' stories, *(Antología de los cuentos de Pere Calders)* was published. This was followed in 1984 by *Ruleta rusa y otros cuentos.*

Another prize-winning short story collection, *Invasió subtil i altres contes*, (Subtle Invasion and Other Stories), which won the Lletre d'Or prize, was published in 1978. *Tot s'aprofita* (Nothing is Wasted), appeared in 1983 and was awarded the Crítica Serra d'Or award and the Generalitat de Catalunya award the following year. *Un estrany al jardí*, Calders' most recently published story collection, appeared in 1985. In 1986 his first novel, *Gaeli i l'home deu* was finally published, forty-eight years after its composition, and won the Crexells literary prize for 1986. Also in 1986, Calders was awarded the Premi d'Honor de les Lletres Catalanes for his contribution to the literary and cultural life of Catalonia.

Calders' popularity among the Catalan reading public is now assured and his fiction is constantly being reprinted. His work reached an even wider public when, in 1978, a theatre group called Dagoll-Dagom staged a theatrical montage of

selected short stories, entitled *Antaviana*. The show toured throughout Europe and won much acclaim.

In the years following the death of Franco in 1975, Catalonia gained its own autonomous government. The Catalan language became the official medium of communication within the region and began to be taught as the first language in many schools. Catalan publishing flourished as never before. Over the past decade or so new generations of readers have become acquainted with Calders' work which has been in increasing demand in the classroom.

Pere Calders retired from his profession as a commercial artist in 1978 with the idea of dedicating himself exclusively to his writing. In practice, however, he is given little peace, being constantly sought-after by students and the media. He continues to contribute as a regular columnist to a number of Catalan newspapers and journals and has collaborated enthusiastically with Catalan literature and language projects in schools. At the time of writing, Pere Calders, now 78, resides quietly in Barcelona, travelling little and dividing his time between his family, his writing and its associated activities, and hobbies such as photography and collecting clocks and watches.

Calders' Short Stories

Pere Calders has composed short stories unceasingly since the age of 14. They number well over two hundred in all, and can be approximately divided into three groups; the pre-civil war stories, stories inspired by his experiences in Mexico, and the post-war stories. This last group comprises by far the largest group: some 130 stories published in seven collections: *Cròniques de la veritat oculta* (1955), "Tres reportatges especials" in *Gent de l'alta vall* (1957), *Demà a les tres de la matinada* (1959), "Contes diverses," first published in *Tots els contes* (1968), *Invasió subtil i altres contes* (1978), *Tot s'aprofita* (1983), and *Un estrany al jardí* (1985).

Calders' fame as an author rests largely on these 130 or more stories written over a period of some forty-five years. They form a relatively homogeneous entity, despite the number of years separating the first from the most recent. The stories show surprisingly little evidence of evolution in their structure: it seems that, having perfected a framework on which to present his storyline to best effect, Calders remained content to exploit its considerable potential. A second hallmark of all these stories is their use of fantasy, the supernatural and "magic realism". Although he sometimes seemed to express a preference for one over another, at no stage has Calders abandoned any of them. Lastly, in his depiction of character, the distinctive Caldersian narrator is as evident in the most recent stories as he is in the earliest compositions.

Let us look first at what is perhaps the most notable feature of Pere Calders' mature short stories: the presence of a supernatural, implausible or inexplicable event which interacts in some way with the main character, provoking a dénouement. This element of fantasy acts as a catalyst, disturbing a previously

harmonious balance and throwing the characters into disequilibrium. In some stories fantasy is used to make a rapid joke, while in others it is a means to comment philosophically on the human condition.

The element of fantasy is used by Calders in several different ways. His modern fairy tales, for example, are delightful to adults and children alike. In these stories all manifestations of the supernatural are permissible and unremarkable within the characters' world (ghosts, anthropomorphic animals, visions of another place and age seen through a window, etc). Calders gives his readers a child's-eye view of life: anything is possible if only you have an open mind and faith in your vision. Adults, however, frequently miss out on the excitement: this is a world of wonders to which only children and the very old seem to have access. As the child grows he loses his capacity to perceive life's mysteries. The adults in Calders' fictional world are often in so much of a hurry that they are blind to the magic Calders implies is all around them if only they had eyes to see it.

Another series of stories can be described as 'magic-realist' in their use of fantasy. Calders, it should be remembered, is a contemporary of Jorge Luis Borges, and was composing stories in a magic-realist vein long before Latin American writers such as García Márquez made the genre famous.

The term 'magic-realism' is used here to describe a typically twentieth century portrayal of fantasy in literature. Whereas, previously, authors of fantasy literature tended to transport the reader from the familiar and the natural into a realm of the unfamiliar and supernatural – as in a journey from A to B, – the magic realist writers confuse the here and now with the impossible or implausible simultaneously. They bestow equal validity and verisimilitude on the two orders, arguing that both are equally "real". By reference to myth, the Bible and events both historical and legendary, the writer confronts his reader with a bizarre world in which nothing is certain.

In Calders' magic-realist world there is a subtle juxtaposition between the marvellous and the mundane. And because of the inevitable incongruities thus created, humour is nearly always present as well. If one character finds nothing extraordinary about a fantastic apparition, the rest of the world is likely to react otherwise, with incredulity or downright hostility. Alternatively, the protagonist in the story may question the element of fantasy while the rest of the world ridicules his circumspection (see *The Domestic Tree* and *Natural History* included in this volume).

A third area of interest Calders explores in his stories is science fiction (illustrated in this volume by *Tomorrow at Three in the Morning* and *The Best Friend*). Here, the element of fantasy is rationalized in terms of pseudo-science, providing a form of justification for what would otherwise be implausible. In *The Best Friend* the narrator is far more concerned to register the sighting of his "UFO" than at the phenomenon *per se* of a Catalan-speaking visitor from Outer Space.

Some stories seem to fall into a fourth category in that they do not contain any explicit, obvious element of fantasy. Instead an undercurrent of mystery may be present, inviting the reader to consider a hidden, alternative world lurking just below

the surface of reality. *Russian Roulette* is an example included in this volume. Two bored office employees alleviate their tedium at work by playing a game of the imagination which becomes dangerously real to one of them when he asserts that his wife is being unfaithful and inadvertently triggers off dormant suspicions which threaten to destroy his marriage.

A feature common to many stories, and the link between the real and the unreal is the narrator, who is frequently also the main protagonist. He is often a solitary witness to glimpses of an alternative possible world which coexists alongside his own mundane surroundings. Or he may be a distanced observer who reports without comment on what he sees. Most often, however, he is involved as a participant – or victim – in a direct confrontation with the fantastical phenomenon.

The Caldersian protagonist is remarkable in personality for his shy, nervous disposition. Easily embarrassed and dominated, he frequently feels incapable of dealing effectively with the portentous happenings which threaten to upset his neat, predictable routine. He is the ubiquitous "little man": a tiny cog in the machinery of a modern, industrialized society. Albert in *Russian Roulette*, puts it succinctly: "Every day someone puts a coin in the slot and Albert the puppet, inexpressive and rigid, starts up and carries out his mechanical role: from home to the metro, from the metro to the office, from the office to the metro, from the metro home...".

It is this unexceptional, urban man whom Calders thrusts into situations of chaos in which something impossible happens. His response to the encounter is one of three things: he nimbly avoids the confrontation, escapes contact and rejects the encounter with fantasy without qualm or trauma. Or he accepts his fate with resignation as in *Natural History* and *The Domestic Tree*. But the most common reaction is indecision and confusion, often concluding with him running away from the problem.

It has been suggested that Calders' intention, through the depiction of his short story protagonists, is to comment on the narrow-mindedness of modern man and his resulting inability to enjoy or admit into his life anything which is at odds with established norms and customs. When faced with the inexplicable, characters often resort to the logic and narrow common sense of everyday life. Lacking the imagination to comprehend or appreciate the excitement and enormity of the phenomenon confronting them, social conditioning takes over, constraining and inhibiting them.

When confronted with the untoward, the Caldersian protagonist has a tendency to bring forth his identification documents to demonstrate that, because his papers are in order, he cannot be held responsible for this breach in the rules of logic. "Official truth" is a weapon employed to defeat the element of fantasy: government stamps and legal credentials oblige it to conform to the terms of the narrow world in which the character feels most at ease. In *"Hedera Helix"* the plant-vendor will not sell the instant ivy plant until the purchaser has signed certain papers accepting full responsibility for whatever will happen. An extreme example of *caveat emptor*!

Money is a reiterated preoccupation in the lives of the characters. The fantasy phenomenon is often a source of interest, not for its intrinsic strangeness, but for its

commercial potential. The translation equipment used by the extra-terrestrial in *The Best Friend* is but one example. Another preoccupation is etiquette, and *The Best Friend* also contains a good example of someone being thoroughly nonplussed, not by the apparition before him, but by its failure to respond to the gesture he makes to shake hands. The ultimate in good manners, however, is demonstrated by the South American visitor in *An American Curio*; indeed, the element of fantasy in that story is his posthumous will-power in preventing his corpse from decomposing after he has been shot and killed by the narrator – who clearly expects no less from his unwanted guest.

Does Calders, through his stories, seek to comment on the twentieth century human condition? Scholars believe he does, citing the alienation of the protagonists, their anxious and often empty lives deep in the urban jungle. *Russian Roulette* shows the two employees trying to survive a cruel and mindless routine imposed on them at work. Other stories emphasize man's often unthinking conformity to rules, regulations, habits and norms of acceptable behaviour. The Caldersian character is a sometimes sad figure whose social programming has stunted his spiritual growth, preventing him from coping when faced with an unexpected demand for spontaneous reactions or an opportunity to break free from the confines of his grey world. Only children and the very old seem free to enjoy Calders' magical alternatives.

The overriding theme throughout Calders' fiction is a heartfelt sigh of nostalgia at the incompatability of fantasy and the modern world. Fantasy is a liberating force, an invitation to dream and to find an individual identity. Anathema to fantasy is the preprogrammed existence endured unthinkingly by vast, anonymous masses of humanity. Calders' thesis seems to be that man's spiritual dimension suffers if an increasingly technological world calls on the working person to perform like a machine and be nothing more than a cog in the grinding wheels of urban society.

- A separate note is needed as introduction to *The Virgin of the Railway*, the title story of this collection. This is one of five stories composed while Pere Calders was resident in exile in Mexico City. It was first published together with three of the other four *(Fortuna Lleu, La Vetlla de Donya Xabela, and Primera Part d'Andrade Maciel)* in the collection *Gent de l'alta vall* in 1957. The fifth story, *La batalla del cinc de maig*, did not appear in print for another twenty-one years. A longer story, *Aqui descansa Nevares*, although intended for publication in the 1957 collection, was omitted on account of its length and was not published until 1967. The other work falling into this group is the novel *L'Ombra de l'atzavara* (1963), which Calders wrote after his return to Spain but which clearly belongs in this sub-category of his fiction.

The specifically Mexico-inspired works are distinct from Calders' other fiction in their more realistic style, and in their use of a third-person distanced narrator. The six short stories (including *Nevares*) depict the lives and psychology of characters drawn from Mexico's poorest inhabitants. The novel also contains such characters but there the centre of interest is the European community in exile and, more specifically, the Catalan exiles.

Between them the six short stories offer insight into several facets of the Mexican character, much in line with the traits identified elsewhere by philosophers such as Octavio Paz. Although loathe to resort to facile generalizations about something as complex as a national character, Paz, the philosopher, and Oscar Lewis, an anthropologist (author of *The Children of Sanchez*, a study of the Mexican poor), coincide in their belief that the Mexican attitude to life is based on a stoical fortitude in the face of the vagaries of fate, a wariness of betraying inner feelings, and a religious fervour founded on a unique grafting together of Roman Catholic dogma and pre-Conquest rites. Developing out of this colourful hybrid faith is an unusual attitude to death which is celebrated and faced without qualms.

In his six Mexican stories Calders explores all three character traits identified by Paz and Lewis. In *Fortuna Lleu* (Lucky Break), a nightwatchman commits murder, theft and rape with guileless equanimity. Essentially passive by nature, he only reacts to stimuli: he kills a drunken friend who irritates him, takes his possesions and his woman because they are there for the taking and accepts someone's paypacket when it is offered to him. In his stoicism he treats each new occurence no matter how serious with equanimity, his inner feelings hidden behind a mask of smiling indifference. He seems genuinely to believe that his good fortune is conferred on him from above, and lights a candle to the Virgin in gratitude.

The Mexican system of worship involves Aztec gods, fertility symbols and saints vying for precedence. Paz has suggested that religion offers the people a temporary refuge from life's torments and a ray of hope that, through prayer and penance, miracles will be granted and the quality of life improved. *The Virgin of the Railway* exemplifies firstly the cult to the Virgin: a mother-figure who will protect man and assist him in his daily struggle, and secondly the superstition attaching to the power of pilgrimage, sacrifice and abasement as bargaining tools with the Almighty.

Charlie Canabal's chalk drawing of a girl becomes the object of a religious cult worship (reminiscent perhaps of the Virgin of Guadalupe, patroness of Mexico City who, according to legend, first appeared to a humble native Indian and left the image of her face on his cloak). Although Canabal maintains that his picture is not holy he is denounced as a blasphemer who will not go unpunished. With the atavistic pessimism of their Aztec ancestors the villagers await the inevitable judgement from above, which does indeed come to pass in the form of an accident on the railway.

At the centre of the Mexican character, Paz suggests, is a solitude born of the knowledge that man is not fulfilled by life and never can by. Unlike western cultures which sublimate their fear of isolation and death, the Mexican faces up to life and discovers that he is alone. He confronts his solitude with the same passive indifference with which he views life and awaits his death.

In his Mexican stories Calders is a faithful observer of the rich, complex culture which Paz has analysed. As a European, Calders was fascinated by the enigma of the Mexican character. In attempting to depict it he was careful to maintain a distance between himself as narrator and his protagonists, to preserve and highlight the paradoxical nature of their outlook. Thus, instead of offering insights into a

character's reasoning, Calders prefers brief, external descriptions of a silent people who betray nothing through their looks or behaviour. Calders respects their spiritual dignity and inner sadness by not trying to explain them.

It was undoubtedly while he was in Mexico that Calders discovered the "magic realism" inherent in the people's lives. He has said, "what we understand by reality has a completely different meaning in Mexico. The things people do there could only happen to invented, fictional characters elsewhere." For example, the inspiration for *Aqui descansa Nevares* came from the sight of an Indian shanty-town of cardboard and plywood, constructed alongside a cemetery for the affluent deceased on the outskirts of Mexico City. Calders was struck by the irony of interring the dead in well-built, watertight mausoleums while the living inhabited pitiful leaky shacks. The story describes how such a group of poverty-stricken people leaves their rain-sodden ghetto and moves into the far better accommodation offered by the cemetery.

Humour in Calders' Work

A point upon which students and critics of Calders' work all agree is that he is funny. But what is humour? How to define and analyse its use in literature? The following is a necessarily brief comment on a fascinating and complex subject. In its most basic form, humour arises out of incongruity: two or more inconsistent, unsuitable or inappropriate elements (of behaviour, of appearance, or ideas) juxtaposed together. The essence of practically all humour lies in shunting together two contrasting frames of reference. Humour arises when our initial expectations are rudely shattered by the intrusion of the unexpected.

In literature, incongruity can be achieved in at least three ways. In "visual" humour a character's appearance or behaviour may seem out of place or bizarre. We laugh at cartoon-like figures who are exaggerated, clumsy, strangely dressed or foolish. In "conceptual" humour we laugh at plays on ideas or words. Jokes are an obvious example of conceptual humour: the intrusion into one train of thought of an inappropriate further meaning. Puns, spoonerisms, malapropisms and invented words are a third humour-type in literature: the words themselves stand out when they ought not to, and become purposefully inappropriate. A further rich area for potential literary humour involves describing events in a deliberately inappropriate tone.

Pere Calders is a very visual writer. His training as an artist, and his experience as a cartoon artist, in particular, taught him the technique of conveying visually bizarre spectacles in simple line-drawings (see examples given between the stories in this book). Similarly, in his literature he sketches in his scenes in straightforward, concise terms which have an immediate impact on the reader. His stories frequently centre around an element of fantasy which is visually inappropriate in the setting in which it appears. An extra-terrestrial in full space regalia chats to a family man who

is out picking mushrooms in a homely Catalan wood; a space rocket is set up and ready for lift-off in a suburban back-garden in Barcelona.

Whenever a character comes into contact with something they do not understand their reactions are absurd. Such behaviour is often amusing because of what it tells the reader about the person concerned. Many characters are governed by their materialism, and their response to a supernatural phenomenon is to speculate on its commercial potential. Others seek shelter from the inexplicable behind official credentials, paperwork and the law. Does Octavius need a pilot's licence or a tax disc before he can take-off for the Moon? We laugh at the narrowmindedness of characters whose reactions to fantasy seem so ill-suited to the context in which they find themselves. Fantasy equates with freedom, so Calders' move to juxtapose it against references to stifling bureaucracy, legislation, materialism and superficiality of outlook constitutes a consistently successful source of humour.

Humour is also provoked in literature if the overall tone of a narrative is inappropriate to the meaning it seeks to convey. Calders' narrative voice is generally emotionless and dead-pan, his fictional protagonists tell their tale in a detached, business-like way. In *An American Curio*, for example, the narrator is completely unmoved by the fact that he has shot his Colombian visitor dead.

In humorous literature the 'emotional climate' evoked by the style of the narration is an all important element. Tragedy and comedy are, in many ways, closely allied genres, and Hamlet could have been a comic hero had he taken himself less seriously and delivered his speeches within a differently prepared setting. The emotional climate of a text dictates the degree of sympathy readers will feel towards a character and, as a result, whether they are able to laugh at them. It is difficult to laugh or ridicule someone whom one identifies with or pities. On the other hand, a sense of superiority, aggression or distance are conducive to humour. There is much scope in literature to provoke endlessly ambivalent responses in the reader by subtlely alternating factors which are conducive to humour with others which are less so, or by playing one off against another.

Pere Calders does this in his fiction. The reader's response to the Caldersian narrator of many of his tales is likely to range from a sense of detachment to one of sympathy and possibly some identification with his predicament. Some characters are foolish and humour arises at their expense (for example, the narrator in *The Best Friend*). Others evoke some sympathy (perhaps Albert in *Russian Roulette*?). Identification with a Caldersian character is rare since their predicaments are usually so far-fetched. Nevertheless, there are occasions when the reader's tendency to laugh is tempered by a realization that the character is but a slightly exaggerated image of ourselves; and it is hard to laugh at one's own, all too human, shortcomings.

For example, we may be tempted to laugh at the game of the imagination played by Albert and Ramon in *Russian Roulette* until it dawns on us that the necessity for the game arises out of a sadly common, soul-destroying dilemma. Having known boredom in one's own work, the reader's amusement at what seems a

silly game turns into a more compassionate sentiment, born out of comprehension of why they are playing it. Likewise, Octavius' initiative to take-off for the moon is not devoid of heroism. He admits he is terrified; but at the same time he is impelled by an entrepreneur's spirit to take a step forward on behalf of humanity. All human endeavour has depended on men like these and it is hard to laugh at them once they begin to look brave or heroic.

Overall, a climate of indulgent sympathy seems to hold sway in most of the stories. The urge to laugh is tempered by a desire to protect the character from ridicule. As with Don Quijote, the Caldersian protagonist may seem a social misfit but he is redeemed through a nobility of spirit and a warm humanity; he is a clown with aspirations to heroism who might appear utterly incongruous were it not for the fact that his dream is close to the heart of the readers, too.

The Message of Calders

Is Pere Calders a product of his cultural heritage or an innovator? Does his work reflect the historical upheavals which beset Catalonia this century or does it evade them? What is he trying to tell us through his works of fiction?

Calders appears as both a product of his heritage and an innovator. Early influences on his literary career came via his excellent education and training in the newly standardized Catalan language, and ample opportunities throughout his youth to pursue his precocious interest in writing. Born in 1912, by the 1930s he was of an age to participate fully in the dynamic Catalan culture of that decade. His fiction is to some extent a logicial continuation of developments in style and content first seen in the work of Rusiñol, Carner, Soldevila and the Sabadell Group of writers. Calders' humour, in particular, has its roots in Rusiñol's 'costumbrista' satire, the wit of the Barcelona humorous journals of the time, and the irony and caricature with which the Sabadell Group parodied its bourgois environment. Foreign contemporary influences on Calders are likely to have included Massimo Bontempelli, Edgar Allan Poe and H G Wells.

But Calders' work cannot be completely explained in terms of any one Catalan literary movement or set of influences. As a young man he showed clear promise, and seemed a logical product of his culture. But the support of this literary establishment was swept away by the outcome of the Spanish Civil War in 1939. Calders and his generation were sentenced to exile. Once away from Catalonia we begin to see Calders the innovator, a solo voice proclaiming an increasingly individual message. It was while he was in Mexico that Calders consolidated his style and developed his distinctive brand of humorous magic realism. In Mexico he would have been influenced to some extent by his contact with an indigenous culture whose attitudes to magic and the supernatural were quite different from those of Europeans. The spirit of Latin America is likely to have had a profound effect on Pere Calders.

Calders always ignored literary fashions and wrote according to his own vision, even when his work met with indifference or critical responses. During much of his life Calders wrote for a virtually non-existent readership. His work seemed most likely to appeal to younger generations, but during the post-war years up until the late 1970s this generation was, for the most part, unable to read Catalan. During the years of maximum repression under Franco, those who did continue to study and read Catalan clandestinely were determined patriots who would probably not have found in Calders' fiction the political or ideological message they sought. On the other hand, this absence of a political dimension to his fiction assured it of passing the censors unscathed once it became legal to publish Catalan literature in Spain.

Does Calders' literature comment on the state of Catalonia this century? Probably only obliquely. It should be remembered that Calders' fiction forms only half of his writing activity. As well as his stories and novels he has published many non-fiction articles in Catalan journals over the years. It is in such essays that he remarks on politics, social matters and subtleties of language. He has said that the primary aim of fiction should be to entertain the reader: this is his intention in his short stories and novels.

Calders' message, as reflected in his fiction, is to defend fantasy in literature and in life. The need to dream, he suggests, is as necessary to modern man as his need to sleep and eat. Modern life has tended to strip life of its magic by shattering the illusions and solving the mysteries. Yet the technological revolution also contains its fair share of magic. Calders has been an avid admirer of modern technology; he is enthralled by phenomena the younger generations tend to take for granted. All around us there are manifestations of man's ingenuity (advanced computers, robots which build cars): each in its way is a manifestation of magic. With an almost child-like incredulity at the richness and wonder of the modern world, Calders reminds those of us in danger of becoming inured to it that fantasy is all around us if we choose to see it.

Pere Calders believes the human condition to be the only theme worthy of consideration in literature. It has been his intention and his delight through out his own literary career to shed light on the variety and diversity of humankind, although not from a realist perspective. His characters, the little men in their anonymous cities, inhabit a world in which nothing is certain. Caldersian Man is conditioned by his environment, indoctrinated by norms of social behaviour and manipulated by those in control. As a result, he frequently fails to respond when fantasy breaks in to disturb his grey routine, offering escape and an invitation to explore new perspectives on life. Some do try to live by their dream, but a cruel reality is ever-present, trying to drag their feet back to earth. Yet the pessimism of this message is mitigated by the author's humorous and gentle depictions of mankind. No-one is to be blamed for their all too human failings.

Pere Calders' fiction is distinctive within the context of Catalan writing of his period. He is an author who has always had faith in his vision, and his dedication to the task of composition never waned, even in the face of extreme adversity. The traumatic loss of his cultural roots after the Spanish Civil War did not deter him;

neither did the years during which literary fashions opposed his particular style. When there were no readers in Catalan, Pere Calders continued to write to please himself.

With the benefit of hindsight we can now appreciate that Calders belongs to the first generation of the so-called "magic realist" school of writers. Had his fiction been written in Castilian Spanish rather than Catalan, and published in the Americas rather than in Barcelona, it is quite probable that Pere Calders would today be enjoying a popular acclaim as enthusiastic as that awarded to the Latin American magic realists. The fact that he is still largely unknown outside Catalonia is a direct consequence of his determination to remain true to his cultural heritage by writing exclusively in a minority language which was outlawed for almost half of his life. It is to be hoped these translations of some of his short stories, and the accolades now bestowed on him in Catalonia signify the beginnings of an international recognition which is long overdue.

STORIES

1. Caricature of Pere Calders drawn for the catalogue of cartoon exhibits at the 'Exposició del fred', organised by *L'Esquella de la Torratxa* at the Sala Busquets, Passeig Pi i Margall 36, Barcelona in November 1937.

1. LA VERGE DE LES VIES

Prop del pont de Nonoalco, en el pas a nivell que dóna entrada a una gran zona fabril, el guardaagulles Xebo Canabal seguia lànguidament el camí d'un núvol blanc que s'anava transformant a poc a poc per a dibuixar una cresteria rosada.

Xebo, empleat de planta dels Ferrocarrils Nacionals, s'avorria. Al principi, el fet d'haver estat destinat a vigilar una cruïlla poc important li havia semblat una sort. S'asseia al costat de la caseta de fusta que l'aixoplugava quan feia mal temps, i contemplava el vaiverejar de la gent tot filant els rudiments d'una filosofia. En aquells primers temps, l'home creia haver realitzat un ideal llargament acaronat per ell i els seus ancestres: viure amb una gran economia de moviments, tenir hores senceres per a deixar vagar les idees, sense els sobresalts que proporcionen les responsabilitats. Li plaïa abandonar-se a la carícia del sol, amb el barret de palma inclinat sobre els ulls, i esperar amb una gran paciència alguna cosa ignorada.

Però aquesta època inicial de realització d'un somni va durar poc. Des de petit, Xebo passava per temporades d'inquietud, d'una rara frisança que prenia formes diverses i l'obligava a fer coses que, un observador normal, no hauria atribuït mai al seu temperament.

Aleshores, després del període de lassitud, en el qual la simple contemplació havia omplert el levíssim pas del temps, Xebo començà una etapa comunicativa. Cercava conversa amb els conductors dels camions que s'aturaven pel pas del tren, o amb els obrers que tenien costum de fer una curta parada per beure l'aigua d'una aixeta que hi havia prop de la barrera. Els diàlegs eren breus i desmanegats, però entre paraula i paraula, aprofitant els silencis, es miraven d'esquitllentes i això semblava ésser el principal encís del tracte. Xebo parlava el primer:

–Què s'explica?

L'altre no es precipitava mai. Com que ja era sabut el que calia respondre, no portava pressa. Per fi, deia:

–Aquí, només. Passant-la...

Aquesta frase tancava tota la profunditat de pensament que havien rebut com a herència, i es quedaven aclaparats, durant una estona. «Aquí» volia dir el món, el seu petit univers tal com el coneixien. «Només» significava la poca importància de les coses terrenals. I «passant-la» feia referència a la vida i a la seva manera de fugir inexorablement.

1. THE VIRGIN OF THE RAILWAY[1]

Near Nonoalco bridge, beside the level-crossing at the entrance to a large industrial estate, the signalman Charlie Canabal languidly watched a passing white cloud as it gradually changed into a pink ridge.

Charlie, a National Railway employee, was bored. At first the fact that he had been assigned to an unimportant level-crossing had seemed to him a stroke of luck. He would sit beside the wooden hut which sheltered him in bad weather, and watch the comings and goings of the people while working out the rudiments of his home-spun philosophy. In those early days he had thought this was fulfilling a dream he and his ancestors had long-cherished: hardly needing to move at all, having whole hours free for meditation without the sudden shocks which responsibility brings. He enjoyed giving himself up to the sun's caress, his straw hat pulled down over his eyes, waiting with infinite patience for some unknown event to take place.

But this first period of contentment was soon over. Since childhood Charlie had suffered from bouts of anxiety, a strange fretting which showed itself in various ways and made him behave in a manner an outside observer would have thought uncharacteristic of him.

So, after this first period of lassitude, during which he easily filled his time with simple contemplation, Charlie became garrulous. He sought conversations with the lorry drivers who stopped while the trains crossed, or with the workmen who usually took a short break for a drink from the water tap near the barrier. Although their conversations were brief, untidy affairs, they exploited the intervening silences between words to examine one another out of the corner of their eye, and this seemed to be the principal attraction of the exercise. Charlie would speak first:

'How are things?'

The other always took his time. Since they both knew the correct reply, there was no hurry. Finally, he would say:

'Well, here we are, just passing through...'

This phrase contained all the profundity of thought that they had ever known, and left them subdued for a while. "Here we are" signified the world, their own tiny, familiar universe. "Just" suggested the insignificance of worldly things. And "passing through" evoked life and its inexorable flight.

---

1 'The Virgin of the Railway' *(La verge de les vies)* is one of five stories first published in 1957 under the collective title *Gent de l'alta vall* (People of the high valley). It describes the lives of the indigenous – Indian – inhabitants of Mexico whom Calders observed during his twenty-three-year exile in that country after the Spanish civil war.

Això constituïa una forma gairebé ritual de fer coneixença. Després seguien com els era bonament possible. Xebo reprenia la veu:

–Molta feina?

–No falta.

Aquestes quatre paraules els donaven pretext per meditar una mica més i per fi s'acomiadaven, íntimament satisfets de la seva petita aventura social, del contacte humà que havien aconseguit establir. De vegades, el guardaagulles es trobava amb algun individu loquaç, que en substància deia el mateix que els altres, però amb verbositat, servint-se més dels tòpics. Generalment, eren xofers o cobradors d'autobusos de passatgers, espavilats en aparença pel tracte amb la gent i que desplaïen Xebo. El seu fons de primitiva puresa el feia desconfiar dels homes que parlaven massa i, per altra banda, el que ell estimava de les converses eren les oportunitats que oferien de callar a intervals.

Per altra banda, el joc sociable tendia a repetir-se monòtonament i el tedi pesava encara damunt l'esperit del guardaagulles. Li faltava alguna cosa que no es podia explicar i les hores, a mesura que avançava la jornada de treball, s'allargaven en el registre de les seves sensacions.

Un dia, mentre es lliurava al vol suau d'unes cavil.lacions, va acostar-se un nen a la caixa metàl.lica pintada de negre que tancava el mecanisme del semàfor i començà a dibuixar en la llisa superfície, amb un guix blanc. Les línies del dibuix sobresortien del fons negre mat de la caixa amb un inusitat vigor i Xebo contemplava l'efecte amb fascinació. Calmosament, però sense dubtes ni vacillacions, el nen va donar forma precària a una àguila amb les ales esteses i quan acabà el seu treball, se'l va mirar amb les mans a les butxaques, saltà els rails a peus junts i s'allunyà xiulant una coneguda melodia.

Canabal va acostar-se al semàfor. Mirava el dibuix amb una mirada somniosa, palpava la superfície metàl.lica i després es fregava el cap dels dits, per treure's el polsim del guix. Humitejà un drap amb l'aigua de la font i va esborrar les ratlles blanques. Sota el bat del sol, el metall s'havia escalfat i l'aigua va evaporar-se de seguida. Quedà novament el negre mat, exercint una triomfal atracció damunt el guardaagulles.

Xebo va treure de la caseta una cadira esvinçada, l'aproximà al semàfor, s'assegué i amb una aèria cal.ligrafia de les mans emprovava l'alçada i la distància, traçant dibuixos imaginaris. De tant en tant cloïa els ulls. Confegia una idea i estava acostumat a lliurar-se amb lentitud als jocs de l'enteniment. Però havia arribat ja a una decisió. Aprofità el primer lleure per a dirigir-se a la zona comercial més propera i allí va comprar-se una capsa de guixos de colors.

L'endemà, a començaments del dia, el guardaagulles va desplegar el seu enginy creador damunt el metall pintat de negre. Tímidament, va dibuixar un gerro i unes flors, però abans d'acabar li desplagué el resultat i esborrà les línies. Adoptà una

This almost ritual formula served to strike up an acquaintance. They would then continue the conversation as best they could. Charlie would start again:

'Much work?'

'Enough.'

These three words gave them the pretext to meditate a bit more until at last they said goodbye, completely satisfied with their little social adventure and the human contact they had managed to establish. At times the signalman met a talkative individual who said substantially the same as the others but in a long-winded way. Generally these were taxi-drivers or bus conductors whose liveliness was apparently due to their contact with people. Charlie disliked them. In the depths of his simple soul he distrusted men who talked too much; on the contrary, what he enjoyed most about his conversations were the opportunities they offered to be quiet now and again.

Even so, this social game tended to repeat itself monotonously and the signalman's boredom increased. Something was missing, he did not know what, and the hours seemed to him to pass ever more slowly as the working day progressed.

One day, while he was deep in thought, a child approached the black painted metal box containing the signals, and began to draw on the smooth surface with a piece of white chalk. The lines of the drawing were unexpectedly vivid against the matt black surface of the box, and Charlie watched in fascination. Calmly, without doubt or hesitation, the child drew the wobbly outline of an eagle with its wings extended. When he had finished he gazed at his work with his hands in his pockets, then jumped over the tracks and went away whistling a well-known tune.

Canabal went up to the signalbox. He looked pensively at the drawing, felt the metallic surface and then rubbed the chalk dust off his finger-tips. He dampened a cloth with water from the fountain and erased the white lines. The beating sun had heated the metal and the water evaporated immediately. The newly restored matt black surface exerted a powerful attraction on the signalman.

Charlie brought a broken chair out of his hut, placed it close to the signalbox, sat down and with an artistic sweep of his hands measured the height and width of the box, tracing imaginary drawings. Now and again he closed his eyes. He had an idea and was accustomed to taking his time over such mental exercises. But already he had reached a decision. He used his first break to visit the local shops where he bought a box of coloured chalks.

Very early the next day the signalman let his creative talents loose on the black metal surface. Timidly he drew a vase and some flowers, but before it was finished he was unhappy with the result and rubbed it out. He pondered for a good while,

actitud pensarosa durant una bona estona, amb la vista baixa, i per fi reprengué el seu propòsit. Sense pressa, mostrant una gran minuciositat en els detalls, traça la silueta d'un indi ocellaire, encorbat sota el pes d'un munt de gàbies. Omplí de blanc la part corresponent a la roba i amb petits flocs de colors vius indicà els ocells. Va contemplar la seva obra somrient i per l'íntima satisfacció que experimentava es podia afirmar que quedava adscrit des d'aleshores a una vaga classificació artística. Seria figurista, primari, infantil, amb una tendència (sempre en pugna amb les aptituds naturals) cap al realisme.

Abans que acabés la seva primera obra gràfica, Xebo tingué darrera d'ell admiradors; de primer, un macip que contemplava el dibuix amb embadocament i després dos peons de la via i una dona vella que tenia una parada de menjucs prop d'allí. Gairebé no deien res, però mostraven un posat general d'aprovació i el guardaagulles, humanament sensible a l'afalac, vivia un moment feliç.

La dona inclinà el cap, s'apropà al dibuix de l'indi i, sense precipitar-se, digué:

–S'assembla al meu cunyat.

Un dels peons mig cloqué els ulls i s'aproximà al seu torn. Mirà i remirà el perfil de l'ocellaire, com si li costés de creure allò que veia i, finalment, expressà amb paraules les seves deduccions:

–El que són les coses. També s'assembla al meu...

Per un vibràtil misteri que unia els esperits en una emocionada comunió, aquell fet tan notable establí les bases de la fama de Xebo com a artista. Convingueren tots (amb un simple gest de la cara o amb mitges paraules plenes de respecte) que l'home capaç de dibuixar els cunyats d'altri sense conèixer-los, per força havia d'ésser algú.

Durant la resta de la jornada, Xebo deixà l'obra en exhibició. Recollí encara unes quantes opinions estimulants i, per dues vegades, xofers d'autobusos deturaren els seus vehicles per admirar la novetat.

–Qui és aquest?

–És el cunyat del Natxo –respongué el guardaagulles amb una espurna d'orgull.

I, després d'una curta pausa, afegí:

–També és el cunyat de donya Cuca.

Aquest desdoblament de la personalitat en la figura d'un modest indígena ocellaire els omplia d'estupor. El mateix Xebo no se'n sabia avenir.

Aquella nit, el guardaagulles va passar-la girant-se i regirant-se sense poder-se adormir, pensant noves representacions gràfiques. L'endemà, va esperar que el sol escalfés el metall i esborrà el dibuix amb un drap humit. En fer-ho, li calia vèncer una sorda resistència. Mentre contemplava absort la taca d'aigua evaporant-se com una petita onada en retrocés, Xebo sentia la pena de la pròpia destrucció.

Però el va distreure la nova inquietud creadora alimentada durant l'insomni, i va posar-se a dibuixar una noia dreta, hieràtica, que aguantava una flor vermella amb una de les mans. Acolorí amorosament el xal que cobria les espatlles de la figura, la

head down, then at last began again. Taking his time and paying meticulous attention to detail, he drew the outline of an Indian bird-seller, bent under the weight of a pile of cages. He coloured in his tunic in white, and used small patches of bright colour to signify the birds. He looked at his work with a smile and sensed from the intimate satisfaction it gave him that he could from now on be thought of as a kind of artist. He would be a figure painter, primitive, naive, with tendencies (always against his natural inclinations) towards realism.

Before he had finished his first picture Charlie had admirers standing behind him; first an apprentice who gazed at the drawing open-mouthed; then two railway workers and an old woman who ran a nearby snack bar. They hardly said a word, but looked generally approving and this pleased the signalman, who was naturally susceptible to flattery.

The woman went up to the drawing of the Indian, her head on one side, and said after a while:

'He looks like my brother-in-law.'

One of the workmen also came forward, half-closing his eyes. He scanned the birdman's profile avidly, as though he was having difficulty believing what he saw, then finally voiced his own conclusion:

'What an extraordinary thing. He looks like mine too...'

This notable incident: the thrilling mystery of their coinciding opinions, established the basis of Charlie's fame as an artist. Everyone agreed (with a simple gesture or respectful half-words) that a man capable of drawing other people's brothers-in-law without knowing them must be somebody.

Charlie left his work on show for the remainder of the day. He collected several other enthusiastic comments and two bus drivers stopped their vehicles to admire the novelty.

'What's all this, then?'

'It's Natxo's brother-in-law' replied the signalman, glowing with pride.

And after a short pause he added:

'It's also Mrs Cuca's brother-in-law.'

This split-personality in the figure of a humble native birdman filled them with amazement. Charlie himself could hardly get over it.

The signalman spent that night tossing and turning, unable to sleep for thinking of new pictures. The next day he waited until the sun warmed the metal and then rubbed out the drawing with a damp cloth. In doing this he had to overcome a stubborn inner resistance. Watching intently as the water stain evaporated like a tiny tide going out, Charlie felt the pain of having destroyed part of himself.

But he was soon carried away by a new creative urge, fuelled by his insomnia, and began to draw an impressive portrait of a young girl standing with a red flower in her hand. He lovingly coloured in the shawl over her shoulders, the woollen

cinta de llana trenada amb els cabdells i uns brodats que la noia portava en el coll de la brusa. Treballava amb una aplicació total, i quan el maquinista d'un tren anuncià la seva proximitat amb un xiulet planyívol, Xebo va alçar-se de mala gana, murmurant unes paraules insultants, i accionà de bursada el mecanisme que tancava les barreres. Perduda la mirada, brandava una petita bandera roja mentre els vagons desfilaven. No tenia l'aptesa de formular d'una manera clara les seves idees, però el turmentava una sensació d'esclavitud nova i desconcertant.

Alçà les barreres i s'enfrontà altra vegada amb la seva obra. Li va semblar reeixida, sense lliurar-se de la por dels artistes; no tot estava bé. L'ull esquerre de la noia era més gran que l'altre i la tija de la flor que duia en una mà quedava fora dels dits que l'havien de prémer i, per tant, flotava misteriosament en l'aire. Però un encant especial es desprenia de la figura i ell mateix era sensible a l'imperatiu d'aquesta gràcia, ja que no s'atreví a corregir els errors.

Algú li digué:

–És la mare de tots.

Va tombar el cap i es trobà amb el macip que creuava el pas a nivell de dues a tres vegades cada dia. Xebo va replicar:

–Només és una noia...

El macip es tragué respectuosament el barret i el féu girar amb les mans. Mig clogué els ulls i arrugà el front, fent l'esforç de pensar i tractant de convertir en paraules les idees. Tots dos fruïren d'un dels seus llargs silencis; van passar per la via unes màquines maniobrant i utilitzaren el pas diversos vehicles. Canabal trescava de les barreres a les palanques de senyals i l'altre s'estava dret i quiet, comportant-se com en el curs d'una cerimoniosa visita. Quan aconseguí afermar-se en la seva primera conclusió, va posar-se el barret i digué:

–Qui sap! Jo dic que és la mare de tots...

Estava convençut de la seva raó i adoptà el posat de no voler parlar-ne més. S'allunyà saltant les vies, agafant-se el barret amb les mans perquè no li voleiés.

Xebo s'enutjà per l'entossudiment de l'altre. Un pudor que no podia explicar-se i un respecte que el dominava confusament, li feien rebutjar la idea de donar a la figura altres atributs que els profans.

Va mullar un drap i esborrà la noia, amb la mica de pena que li feia sempre el valor fugaç de la seva obra.

* * * * *

Per a Xebo Canabal començà una època d'agraïda comprensió dels seus dots creadors. Un públic fidel l'estimulava i la crítica popular (quan aquesta es produïa) era sempre per a servir-li d'ajut. Intentava de tant en tant la reproducció d'objectes

ribbon plaited into her hair, and an embroidered edging on the collar of her blouse. He worked with total concentration and when a train driver announced his proximity with a plaintive whistle Charlie arose unwillingly, swearing under his breath and slamming down the lever which closed the barriers. With a vacant gaze he waved a small red flag as the carriages rolled past. Although he could not understand why, he was tormented by a new and disconcerting feeling that he was enslaved.

He raised the barriers and turned once more to his work of art. Although it seemed good to him, he did not lack the artist's critical eye: it was still not quite right. The girl's left eye was larger than the right, and the stalk of the flower she held in her hand was outside the fingers which ought to have grasped it so that it floated mysteriously in the air. But the figure had a special charm; feeling the power of its grace himself, he did not dare to correct the errors.

Someone said to him:

'She's the mother of us all.'

He turned his head and saw the apprentice who crossed over the railway tracks two or three times a day. Charlie replied:

'It's just a girl...'

The apprentice removed his hat respectfully and twisted it round in his hands. He squinted and frowned with the effort of thinking as he tried to convert his ideas into words. They both enjoyed one of their long silences; some engines shunted down the line and several vehicles used the crossing. Canabal toiled back and forth between the barriers and the signal levers while the other stood quietly, behaving as if on an official visit. When he had succeeded in convincing himself that his initial impression was correct, he put on his hat again and said:

'Who knows! But I say she's the mother of us all...'

Convinced he was right, he made it clear that the matter was now closed and went off, jumping over the rails and clutching at his hat to prevent it from flying away.

Charlie was annoyed by the other's dogmatism. For some unknown reason, he found himself overcome by mixed-up feelings of modesty and religious respect which made him reject the idea that the figure might have other than worldly attributes.

He dampened a cloth and erased the girl, with the stab of pain which the transitory nature of his work always gave him.

* * * * *

Charlie Canabal's creative gifts began to receive a gratifying recognition. He was encouraged by a loyal public whose criticism (when it came) was always constructive. Now and again he would try doing still life studies, but his admirers

inanimats, però els seus admiradors li pregaven que retornés a les figures, principalment humanes, i acabà per dedicar-s'hi, amb exclusió d'altres temes.

Quan l'ofici donà més seguretat a les seves mans, s'atreví a dibuixar i acolorir escenes d'actualitat: el triomf d'un boxador local, fets diversos o crims de ressonància i, de vegades, comentaris gràfics a la situació política, en particular opinant amb mordacitat a propòsit de l'administració municipal.

Una vegada, algú li havia dit:

—Vés amb compte, Xebo, que el teu càrrec és gairebé oficial...

L'afalagà la velada insinuació que el seu treball pogués arribar a les altes esferes i això donà brillantor al seu enginy. Des d'aleshores, al peu de cada composició, hi escrivia una frase allusiva que, amb el temps, fou tan celebrada com el dibuix.

Quan la inspiració no l'acompanyava i prescindia de les explicacions escrites, sempre hi havia algú que li reclamava amigablement el text. Ell feia un gest vague, d'artista afeixugat, i els espectadors encara l'admiraven més. Es creuaven llavors diàlegs com aquest:

—Són molt estranys. No sempre tenen ganes de fer les coses. La setmana passada, per ràdio, Maria Dora no se sabia la lletra d'una cançó...

—Sí. Jo tinc un cosí a qui passa el mateix.

—Quin cosí? El barber?

—No. Un que en tinc de torero. Quan vol és molt bo. Però de vegades...

Per insondables reflexos, converses així donaven lloc a llargues meditacions. Xebo es trobava en el centre d'una atenció generalitzada i era feliç.

Una vegada, un grup de turistes va retratar el guardafffagulles al costat de la seva obra i pocs dies després una revista gràfica de la capital enviava un fotògraf i un redactor perquè fessin un reportatge de Canabal. La fotografia mostrava l'autor dret, estirat i assenyalant amb l'index estès el seu darrer treball: la illustració de la topada entre un òmnibus i un tramvia ocorreguda el dia anterior. Les respostes de Xebo a les preguntes que li havia fet el repòrter, apareixien curiosament transformades, de manera que llegides en un altre medi haurien resultat mortificants. Però a Nonoalco el reportatge va fer sensació. Fou, podria dir-se, la consagració definitiva d'un artista sorgit d'un medi humil, en esguard a la manera de pensar i de sentir de la gent d'aquell mateix medi. El fet que un home s'obrís camí sense ajut d'altri, donava alè a l'esperança popular.

Xebo s'organitzà. Dilluns i dijous canviava de tema, la qual cosa li permetia de registrar l'actualitat en allò que tenia de més sobresortint. Hi havia famílies que no es perdien mai el canvi i alguns pares aprofitaven les creacions de Xebo per a adoptar davant dels fills una rudimentària actitud didàctica. Els espectadors es plantaven davant l'obra i romanien callats durant llargues estones. Per fi, esclataven els comentaris i els nens, gairebé caminant de puntetes, s'acostaven per admirar la capsa dels guixos de colors. L'artista popular glossava aleshores el peu escrit i les

begged him to go back to figure drawing, especially portraits. In the end he devoted himself entirely to this subject, to the exclusion of any other themes.

As his confidence grew he began doing coloured illustrations from real life: the victory of a local boxer, strange happenings or horrible crimes. Occasionally he drew political cartoons which made scathing criticisms of the local town council in particular.

Someone had once said to him:

'Take care now, Charlie, your career is almost official.'

He was flattered at the implication that his work might aspire to such heights, and this added sparkle to his ingenuity. From then on, at the foot of every composition, he would write a caption which in time became as celebrated as the drawing itself.

When inspiration left him and he omitted the caption, someone was sure to request it from him in a friendly way. He would gesture vaguely, the way an overburdened artist does, and his audience admired him even more. Conversations like this would then follow:

'They're strange folk, artists. They're not always in the mood to do things. Last week on the radio Maria Dora forgot the words of a song...'

'Yes, the same thing happens to my cousin.'

'Which cousin, the barber?'

'No, one who's a bull-fighter. When he tries, he's very good. But sometimes...'

These conversations provoked lengthy meditations and Charlie was happy to find himself the centre of attention.

One day a group of tourists photographed the signalman beside his work of art and a few days later an illustrated magazine in Mexico City sent a photographer and a reporter to write an article about Canabal. The photo they printed showed the artist standing rigidly to attention, pointing at his latest work: a crash involving an omnibus and a tram which had occurred the previous day. Charlie's answers to the reporter's questions were curiously transformed and, if read in another context, would have been embarrassing. But in Nonoalco the article caused a sensation. To their way of thinking, this confirmed beyond question the greatness of an artist sprung from origins as humble as their own. The fact that a man could make his career without help from others inspired the people with hope.

Charlie got himself organized. On Mondays and Thursdays he changed subject-matter in order to keep up to date with the latest news. There were families who never missed the changeover and some fathers used Charlie's pictures to show off their rudimentary knowledge in front of their children. The spectators arranged themselves in front of the picture and stood quietly for a long while. Finally the comments began and the children, walking almost on tiptoe, drew nearer to marvel at the box of coloured chalks. The popular artist then added the caption which often

seves paraules donaven lloc amb freqüència a una murmuració velada contra personatges oficials. Això els feia sentir-se importants i, a la seva manera, vivien un estat de dolça exaltació. Les dones formaven grup a part (deliberadament s'abstenien de fer política) i es limitaven a parlar amb sobrietat de l'actitud dels homes:

–S'esvaloten i després es passer hores sense tocar-hi.

–El meu marit, dilluns i dijous, gairebé no dina.

–I el meu, l'altre dia, va posar-se brau, i es negava a pagar el lloguer.

Es planyien de la rebel naturalesa masculina, però amb resignació, sense amoïnar-s'hi massa. No s'oblidaven mai de tancar les converses amb frases d'admiració dedicades a Xebo Canabal. Era, també, una admiració a mitja veu, atenuada:

–Quin home! Si volgués, amb les mans que té, podria arribar a maquinista...

–Sí. Diu que, en el fons, això ho fan per no treballar.

Sorgia inexplicablement el misteriós plural: «ells són així», «no ho poden evitar», «és com si els empenyessin i han de seguir per força». Agrupaven, en un món irreal, cantaires, estrelles de revista, joglars, actors i actrius de cinema, genets notables, criminals famosos que havien suscitat llur interès, i alternaven els noms sense desmerèixer el del guardaagulles. En el barri, això constituïa el triomf.

Un dia, l'encarregat del pati més pròxim a la cruïlla vigilada per Xebo, cercà conversa amb l'artista. Esquitllant el tema, allargant les paraules amb subterfugis, acabà per dir:

–Ja saps que sóc casat de poc. Demà batejo el primer fill i m'agradaria que pintessis la cerimònia.

Podia considerar-se que l'encarregat de pati era un dels superiors immediats de Xebo. Però l'home no es blegà:

–Això es diferent. És cosa a part. Jo, de cara a la barrera, molt servidor i pot manar sempre que vulgui.

–Ho entenc, ho entenc. Estic disposat a pagar-te per la feina...

–Quant?

–Dos pesos.

–Ui, no! De guix solament se me n'anirien la meitat dels diners.

Es quedaren taciturns, l'un enfront de l'altre, vetllant tots dos perquè la precipitació no els aboqués al mal tracte. Afectaven desinteressar-se de l'afer que els reunia, i l'un parlà de l'exprés de bon matí i l'altre d'un dolor que tenia al genoll dret. Al final, el superior jeràrquic digué:

–Quant voldries cobrar?

–Deu pesos.

Era un cop d'audàcia, una xifra exagerada. El pressupost de tot el bateig importava poca cosa més.

inspired inaudible mutterings against persons in authority. Thus everyone was made to feel important and, in their own way, experience a sweet sense of elation.

The women formed a separate group (they deliberately abstained from politics) and limited themselves to soberly discussing the men's reactions:

'They get all excited and then it's hours before they come down to earth.'

'My husband hardly touches his dinner Mondays and Thursdays.'

'And mine, the other day, got so angry he refused to pay the rent.'

They sighed at the rebellious nature of men, but in a resigned way, without letting it upset them. They never failed to finish up with words of appreciation for Charlie Canabal, in tones of whispered admiration.

'What a man! With hands like those he could be a train driver if he wanted to.'

'Yes, they say that in the end, they do that to avoid real work.'

Inexplicably, out would come the mysterious plural 'they': "They're like that," "They can't help it," "It's as though they're pushed and have to follow along." The unreal world they referred to included singers, magazine pin-ups, conjurers, film-stars of both sexes, notable jockeys, famous criminals who had caught their eye and, of course, the signalman himself. In the eyes of the neighbourhood this was true fame.

One day the man responsible for the section of track adjoining Charlie's level-crossing sought out the artist. Sliding around the subject unnecessarily, prolonging the conversation with subterfuges, he eventually got to the point:

'You know I've been married a little while. Well, tomorrow I'm baptising my first son and I'd like you to draw the ceremony.' Although the man was one of Charlie's immediate superiors, he did not yield on this account.

'Oh, but that's quite another matter altogether. I'm at your service as far as manning the barrier goes; you know you can ask me whatever you want on that score.'

'Yes, I know, I know... I am prepared to pay you for your work...'

'How much?'

'Two pesos.'

'You must be joking! Half the money would go on chalks alone.'

They faced one another stubbornly, each ensuring that a sudden move did not commit him to a bad deal. They affected disinterest in the business which brought them together and one talked about the morning express and the other of a pain he had in his right knee. Finally Charlie's superior spoke up:

'How much do you want, then?'

'Ten pesos.'

It was a bold demand and an outrageous sum. The budget for the entire baptism came to little more.

«Tots fan el mateix», pensà l'encarregat de pati. «Els puja al cap i abusen.» El plural aparegué novament, marcant la frontera entre el viure quotidià i la bella però temible aventura dels artistes.

Tornaren a divagar fugint del negoci central: prolixes explicacions sobre estats climàtics o sobre assumptes relacionats amb la via. A intervals, aprofitant els silencis, escometien de sobte la qüestió del bateig i la pintura. Per fi, ho arreglaren per tres pesos i una capsa de guixos, l'import de la qual Xebo reclamà a la bestreta. Tingué, encara, una vel.leitat d'estrella: li exigí que la comitiva del bateig desfilés pel pas a nivell.

El dia assenyalat, els posà tots de front, ben drets l'un al costat de l'altre. Hi hagué dificultats per a fer entendre a la padrina que aguantés el nen de cara, com una petita crisàlide suspesa. Se'ls escapava una mica el riure, però de l'emoció, i patien pel temor que els sortís alguna arruga dels vestits o que els agafés malament l'expressió de les cares.

–Hi ha feina –digué Xebo–. No ho tindré fins demà. Són sis figures sense comptar el nen.

Els omplí d'estupor dient-los que ja se'n podien anar, que ja els havia «vist». No se'n sabien avenir. Captar-los així, amb una sola mirada, els semblava un prodigi de virtuosisme i, al mateix temps, els desencisava una mica.

–Ni valia la pena de mudar-se –digué un oncle del menut.

–És que la festa principal és un bateig –contestà el pare dolgudament.

–Sí, és clar, és clar...

S'allunyaren amb el posat habitual de la gent que travessa un entrellat de vies: saltironant i balancejant els cossos com un ramat de pingüins.

Canabal treballà de ferm fins a entrada de fosc i li quedaren encara dos caps per resoldre. S'havia aturat per culpa d'aquests caps i ni ell mateix no hauria explicat la raó del seu encallament. El misteri era més gran perquè totes les figures s'assemblaven i en el fons era inevitable que acabessin assemblant-se les dues que faltaven. Es tranquil.litzà dient-se que la majoria eren parents, o molt amics. Obscura raó aquesta per a igualar les faccions. En els vestits s'esplaià posant en joc totes les seves facultats. Artificiosament, féu que, a les figures femenines, els traspuntessin els enagos per dibuixar les vores adornades amb una gran aplicació.

L'endemà, de bon matí, Xebo acabà la seva obra i va quedar-ne satisfet. El primer a admirar-la fou un repartidor de diaris que, d'antuvi, no endevinà de què es tractava. Parlant d'identificar els personatges, esmentà uns noms que no tenien res a veure amb l'escena representada. Però quan Xebo li ho explicà, convingué de seguida que la semblança de tots era prodigiosa. «Sobre-tot els nassos», digué.

'They're all alike,' thought the man. 'They get big-headed and then take advantage of it.' That plural made its appearance again, marking the boundary between real life and the fine but fearsome adventures of artists.

They digressed again, skirting around the business at hand with long-winded explanations for the weather, or subjects related to the railway. Now and again, taking advantage of a moment's silence, they returned abruptly to the matter of the baptism and the drawing. Finally they agreed on three pesos and a box of chalks, the cost of which Charlie could claim in advance. And still he had a final demand. The baptism party must sit for its portrait by the level crossing.

On the appointed day he arranged them all in a line, facing forward and standing to attention. There were some problems making the godmother understand that she should hold the baby face on, like a small hanging chrysalis. They could not refrain from giggling nervously, and they worried that the drawing would show up any creases in their clothes, or capture their expressions unflatteringly.

'There's a lot of work here' said Charlie. 'I won't have it ready for you until tomorrow. There are six figures, not counting the baby.'

They were lost for words when he told them they could go, now that he had "seen" them. To capture them thus, in one glance, seemed to them a prodigious gift which, at the same time, left them feeling slightly disenchanted.

'It was hardly worth the bother of changing,' said the baby's uncle.

'Well, the main event is a baptism,' answered the father, hurt by this.

'Yes, of course, of course...'

They moved off as people do when crossing a network of railway tracks, bobbing and swaying like a collection of penguins.

Canabal worked hard until nightfall, but still had two heads to finish off. He had stopped because of those heads, although he could not have said why he was stuck. The strange thing was that all the figures looked alike and in the end it was inevitable that the two who were missing would resemble the others. He was reassured to think that they were mostly either relations or good friends. An odd reasoning, this, for giving them all the same features. He did allow himself a free rein over their clothes, summoning up all his expertise. He carefully let the edges of the ladies' petticoats show so as to depict the embroidered edges, paying great attention to detail.

Charlie finished the job early next day and was satisfied. The first to admire it was a newspaper delivery boy who could not at first guess the subject matter. While trying to identify those concerned he mentioned a couple of people who had no connection with the scene depicted. But when Charlie explained it all to him he agreed at once that the resemblance was truly remarkable."Especially the noses," he said.

Certament, alguna cosa tenien els nassos que atreien l'esguard i contemplant-los es quedaren tots dos una bona estona en un plàcid estat d'abstracció.

El venedor de diaris s'acomiadà i poc després Xebo va veure de lluny la comitiva del bateig que tornava gairebé amb la mateixa formació que el dia abans. Tots ells alentien el pas, travats segurament per l'emoció.

El pare va fer un gest amb la mà i el guardaagulles correspongué de la mateixa manera, visiblement cohibit.

Arrenglerant-se, es col.locaren tots sis –i el nen, amb un natural estat d'indiferència–, davant de la figuració gràfica. Començà el silenci de rigor i la quietud. Es miraven de tant en tant, de reüill, sense moure el cap.` Una noia murmurà uns mots i el pare va donar-li una clatellada, de manera que una flor que duia en una trena va quedar-li de gairell.

Canabal tingué llavors una actitud d'artista inspirat i fidel. S'adonà que en el dibuix la noia de l'incident no portava cap flor en els cabells i amb rapidesa l'esbossà i l'acolorí, perfilant-la després a la seva manera minuciosa. Això produí una impressió enorme. La mateixa noia interrompé el seu somiqueig per arreglar-se la flor imitant el dibuix, i com si aquesta pueril submissió constituís una consigna, tothom procurà ajustar-se a les figures creades per Xebo. A causa d'un error disculpable per les presses, l'artista havia dibuixat la padrina amb un davantal que, en realitat, portava una altra dona i en silenci es canviaren la peça de vestir, mentre un altre membre del grup aguantava la criatura. El pare, que duia la seva gorra de ferroviari a les mans, va posar-se-la, perquè en el dibuix era així. Tots col.laboraven, tots mostraven bona voluntat i respecte. Meravellosament, obra i personatges s'anaven assemblant.

Transeünts encuriosits augmentaven el grup. A poc a poc, vencien la reserva inicial i encetaven els comentaris.

La veu del pare sobresortí de les altres:

–Té molt mèrit.

Aquestes paraules constituïen la confirmació del triomf. Si el qui pagava estava content, i els espectadors sentien admiració, poques coses podien opacar l'èxit del guardaagulles.

Xebo rebia l'alenada de la glòria. Contestava pacientment les preguntes, tot i que algunes requerien una mansa predisposició de l'esperit.

Amb solemnitat, el pare s'obrí pas entre la gent per acostar-se a Xebo, l'abraçà, i després va pagar-li els diners convinguts. Li demanà que tingués l'obra en exhibició durant dos o tres dies, prec que fou acceptat de seguida enmig d'una general alegria.

Quan les converses començaven a llanguir, s'apropà una màquina amb dos vagons i la gent va dispersar-se.

* * * * *

It was true; there was something about the noses that attracted attention and the two of them stood a good while admiring them in placid abstraction.

The newspaper boy said goodbye and soon afterwards Charlie saw the christening party in the distance, returning in almost the same formation as on the previous day. They slowed their pace, seemingly embarrassed by the emotion of the occasion.

The father raised his hand in greeting and the signalman did likewise, visibly embarrassed.

The six of them (the baby being naturally indifferent to everything) stood in a row in front of the picture. Then began the customary silence and deliberation. Now and again they glanced at one another out of the corner of an eye without moving their heads. One girl murmured a few words and was smacked by her father, so that a flower she wore in her hair slipped sideways.

Canabal reacted as an inspired and faithful artist should. He realised that in his drawing the girl who had spoken did not wear a flower in her hair, so he rapidly drew it and coloured it in, outlining it afterwards in his meticulous manner. This produced an enormous impression. The girl in question stopped grizzling in order to rearrange her flower as in the drawing and, as though this childlike submission were a signal, everyone began to adjust their dress in accordance with the figures Charlie had created. In his haste the artist had committed the understandable error of drawing the godmother wearing an apron which, in fact, was worn by another woman. They now silently exchanged this item of clothing while someone held the baby. The father, who carried his railway cap in his hand, put it on since the drawing depicted it thus. Everyone cooperated with good-will and respect. Miraculously, the work of art and the people began to resemble one another.

Curious passers-by joined the group. Little by little they overcame their initial reserve and began to make comments.

The father's voice rose above the rest:

'It's very good.'

These words affirmed the picture's success. If the one who was paying was happy, and the spectators expressed admiration, few things could mar the signalman's achievement.

Charlie was enthusiastically congratulated. He answered everybody's questions in painstaking detail, even though some required the patience of a saint.

Solemnly, the father made his way through the crowd towards Charlie, embraced him and paid him the agreed sum. He asked him to leave the drawing on public show for two or three days, a request which was immediately granted, to general acclaim.

As the conversation began to wane, a train with two carriages approached, and the crowd dispersed.

* * * * *

Com es podia esperar, no tot era planer en l'art de Xebo. Tenia un crític tenaç, implacable: el macip admirador de la noia de la flor, una de les primeres obres. Creuava cada dia el pas a nivell, però mai més no s'havia tret el barret enfront d'un dibuix. Se'ls mirava despectivament, aturant-se un instant, i reprenia el camí sense dir res. A desgrat que l'artista popular tenia addictes en el barri d'una significació molt més alta que la que podia atribuir-se al macip, el mortificava que aquest no es retés a la fama que li era generalment reconeguda, i un dia l'aturà per preguntar-li resoltament la seva opinió.

Després de reflexionar, confegint penosament les paraules, el macip digué:

–Mai no faràs res com la imatge aquella. Vas cometre un pecat esborrant-la i ara tens les mans contaminades.

Com ocorria de vegades en alguna gent del baix poble, el macip parlava poc i sentenciosament, usant paraules el significat de les quals potser no comprenia, però que tenien força per elles mateixes, i que brillaven amb esclat quan, per un obscur atzar, la definició i el mot coincidien amb el que ell realment volia dir.

–Tot el que fas és mundà –afegí.

Gairebé no movia els músculs de la cara ni modulava la veu, però d'una manera misteriosa donà a aquesta darrera frase un to execratori. I Xebo acotà el cap, quasi avergonyit, sense encertar cap rèplica.

Durant uns quants dies, el guardaagulles es repetia amb insistència que el macip no era ningú, que potser la seva actitud era motivada per l'enveja que suscitava una diferència tan gran entre dos destins. Però li quedà un rosec interior que no el deixava tranquil, perquè a desgrat de no entendre ben bé les paraules amb les quals era condemnada la seva obra, pressentia una veritat mortificant i no sabia com defensar-se'n a base de soliloquis.

Enmig del seu desconcert, Xebo vivia moments d'exultació. Li semblava que amb els guixos a les mans podia refutar qualsevol atac i, per una oposició d'impulsos molt humana, volgué enfrontar-se al seu problema en el terreny que el macip li plantejava: començà a dibuixar una donzella i un halo que nimbava tota la figura. Omplí el fons amb diminutes estrelles i deixà per al final resoldre l'ambiciós propòsit de dotar la imatge d'un rostre diferent dels que havia fet fins aleshores, que expressés la tendresa i la beatitud que Canabal considerava apropiades. Miraculosament, ho aconseguí tot amb un somriure que sorgí d'una corba suau a punta de guix i traçant uns grans ulls que miraven de front, esbalaïts i amorosos.

Xebo havia treballat sense mesurar el temps, interrompent només la seva feina per tancar i obrir les barreres i canviar els senyals, coses que feia d'esma, amb un automatisme que no requeria el concurs de la seva voluntat. Per un reflex de l'instint, va girar-se i veié donya Cuca, la vella de la parada de menjars, dreta darrera

As always, not every aspect of Charlie's career was so straightforward. He had one ferocious critic: the apprentice who had admired the girl with the flower, one of his first pictures. Although he used the level crossing every day, he had never again removed his hat before a drawing. He would stop for a moment, look at them scornfully, then resumed his walk in silence. Even though the popular artist's following in the neighbourhood included persons ranking far higher than a humble apprentice, Charlie was mortified that this man alone refused to acknowledge the high esteem in which he was generally held. One day Charlie stopped him and asked his opinion boldly.

After some thought, enunciating his words with care, the man said:

'You'll never do anything half as good as that first picture. You committed a sin rubbing her out and now your hands are sullied.'

As sometimes happens with uneducated people, the apprentice spoke slowly and sententiously, using words he probably did not understand, but which were forceful in themselves, and had a sharp impact when they accidentally coincided with the meaning he intended.

'Everything you do is mundane,' he added.

His facial muscles hardly moved and he spoke in a monotone, yet mysteriously he endowed this last phrase with a sinister ring. Charlie bowed his head, almost shamefully, lost for words.

For several days the signalman kept repeating to himself that the apprentice was a nobody, and that perhaps he was jealous of the vast gulf between their two destinies. But a nagging doubt continued to disturb him. Although he did not really understand the words used to condemn his work, he had a dreadful feeling they were true, and needed reassurance.

In the midst of his discomfort Charlie felt optimistic at times, even so. It seemed that with his chalks in his hand he could fend off any attack and so, quite naturally, his reaction to the problem the apprentice had expounded was to face up to it. He began to draw a young girl in a flaming dress, her whole figure encircled by a halo. He filled the background with tiny stars and left the face until last so that he could carry out his ambitious plan to make this image different from those he had created up until then, with a face which would express the tenderness and sanctity Canabal considered appropriate. Miraculously, he achieved it all with a smile which emerged out of a gentle curve drawn with the point of the chalk, and by giving her large eyes which gazed out shyly and lovingly.

Charlie had been oblivious to the passing of time, interrupting his work only to open and close the barriers and change the signals, things which he did instinctively, moving so automatically that he did not need to think at all. Suddenly he turned and saw Mrs Cuca, the old woman from the snack stall, standing expectantly behind him.

seu i en actitud expectant. S'havia cobert el cap amb el seu xal, i ajuntava les mans com si es posés a orar.

Això fou el principi d'un seguit de mostres de respecte de part del públic habitual de Xebo. Aquesta vegada no li preguntaven res, ni s'interessava ningú d'una manera directa per l'absència d'un peu escrit. S'aturaven enfront de la figura amb posat seriós i els homes es treien el barret i es quedaven absorts durant una llarga estona.

L'endemà, a mig matí, es presentà el macip, l'opinió del qual era la més important per a Xebo. L'home tingué una reacció immediata. S'agenollà i digué:

–Quina cosa més bonica, fill meu!

I per rectificar justament, com era de llei entre gent honesta, completà el seu judici:

–Ara sí, ara sí! Això no ho toquis pas, que aquí s'ha de quedar...

El guardaagulles estava content, amb la seva vanitat satisfeta. Pensà que deixaria el dibuix en exhibició dos o tres dies més del que tenia per costum i es dedicà a recollir dolçament els elogis.

A primera hora de la tarda, dues dones portaren testos amb flors i els col.locaren al peu de la imatge i més tard acudí gent amb llànties i petits ciris. Tothom s'estava una llarga estona davant del dibuix acolorit, amb el posat sever i la callada tristesa dels indis. Era una tristesa externa, perquè una eufòria oculta els feia pensar en velles danses i en l'explosió de petards i de coets. Aclucant els ulls, veien colors vius, flamejants per la reverberació d'una continguda violència.

Seguí la desfilada fins a ben fosc de la nit, i petits grups romangueren fent guàrdia la nit sencera. Quan Xebo acabà el torn, va deixar darrera seu el murmuri d'una oració suau i el retrobà el matí següent, tot just despuntà el dia. Algú havia col.locat una garlanda al voltant de la figura, i uns homes muntaven un petit sostre de fusta de dos vessants per protegir el dibuix.

Tot s'esdevenia quietament, però amb un feinejar incansable, Xebo comprovà amb tristesa que ningú no feia gaire cas d'ell i que, en el fons, se'l miraven amb hostilitat, per la por que volgués esborrar la figura. Li donaven l'esquena, l'apartaven sense violència quan feia nosa per a dipositar les ofrenes i, en general, s'haurien estimat més saber-lo lluny d'allí i oblidar la seva autoritat de guardaagulles.

Poc abans de migdia es produí un renou: per un dels carrers que desembocaven al pas a nivell, avançava lentament una comitiva, en el centre de la qual hi havia una dona que caminava de genolls, amb els braços estesos i els dits índex i polze de cada mà units per la punta. Els parents o amics de la dona la precedien posant davant d'ella mantes i peces de roba per fer menys dolorosa la marxa, que així i tot havia

She had covered her head with her shawl and clasped her hands together as though about to pray.

This was the first of a number of signs of respect demonstrated by Charlie's usual admirers. This time they neither questioned him nor seemed to care about the lack of a written caption. They stood seriously in front of the picture, the men removing their hats, and were for a long time absorbed.

At mid-morning the following day the apprentice whose opinion mattered most to Charlie came by. His reaction was immediate. He knelt down and said:

'What a beautiful thing, amigo!'

And to give praise where it was due, in keeping with the custom of honest folk, he confirmed:

'That's it, that's it! Now don't touch it, because it has to stay there...'

The signalman was content, his vanity appeased. He decided to leave the drawing on display for two or three days longer than usual, and set about happily receiving congratulations.

First thing in the afternoon two women brought potted plants and placed them at the foot of the image; later, people came with altar candles and small night-lights. They all stood in front of the coloured drawing for a long time with serious expressions and the quiet sadness of Mexican Indians. Their sadness was only external, however, because an inner thrill made them think of ancient dances and the explosions of fireworks and rockets. Closing their eyes they saw vivid colours, and were fired by tremors of suppressed violence.

The procession continued until long after dark and small groups of people remained behind afterwards to keep guard through the night. When Charlie finished his shift he left behind him a soft murmuring of prayer which was still going on when he returned the following morning at first light. Someone had placed a garland around the image and some men were setting up a simple pitched roof made of wood for its protection.

Everything proceeded calmly and tirelessly. Charlie noticed, to his sorrow, that nobody was taking any notice of him and that he was actually regarded with some hostility, for fear that he might try to erase the figure. They turned their backs on him, they moved him on gently when he obstructed their work depositing offerings and it was obvious that they would have liked it better if he had been far away, his job as a signalman forgotten.

Just before midday there was a sudden stir. A group of people advanced slowly down one of the roads leading to the level crossing. In the centre was a woman walking on her knees, her arms extended and the index-finger and thumb of each hand pressed together. The woman's friends and relations walked in front of her, laying down blankets and pieces of clothing to make her progress less painful. It

d'ésser difícilment suportable. S'aturaven sovint i l'assistien, sense alçar la veu ni gesticular.

Canabal s'avançà a rebre'ls i els digué que tot allò el comprometia. Provà de desviar-los de camí, agafant-los pels braços i anant de l'un a l'altre amb uns propòsits que no serviren de res. Parlava de la seva responsabilitat, del mixt de Cuernavaca que estava a punt de passar i del pecat que anaven a cometre pel vici d'exagerar.

–Sou poc interpretats –els digué–. Heus aquí el mal.

Va fer un ample gest de braços, indicant que aquest era el defecte del poble: la falta d'interpretació. No sabia ben bé què volia dir, però estava segur de tocar-hi i, en aquells moments, hauria donat la vida per l'apostolat que representava augmentar la interpretació popular.

El grup l'anava empenyent. L'estireganyaven per les mànigues i el feien caminar seguint la seva ruta, fins que arribaren tots enfront de la figura. Allí, la dona sanglotà i va donar les gràcies per algun favor rebut. Va tapar-se la cara amb el seu xal i acotava el cap fins a tocar el terra, repetint aquest moviment reverencial d'una manera mecànica. Tothom estava emocionat, menys Xebo, que insistia en el seu intent de tornar a les proporcions degudes i s'anava mostrant gelós de la seva autoritat. Invocà de cop i volta la Llei general de comunicacions i assegurà que l'exèrcit l'ajudaria si la gent feia resistència a aclarir les vies.

L'esment de la força armada va fer efecte i en pocs moments tothom s'agombolà a banda i banda de les barreres, amb la mirada trista i el posat sorrut.

Xebo Canabal els reprengué aleshores paternalment:

–No voleu entendre les coses i sempre acabeu igual, per tòtils.

Mentre reprenia l'alè per prosseguir l'oració, algú li replicà:

–Sense insultar, eh? Que fins ara, tots ens hem portat d'una manera molt decent.

Entre ells, aquesta invocació a la decència prenia sempre un to de dignitat ofesa. Eren susceptibles i, de cop i volta, esdevenien primmirats i recelosos. Xebo canvià d'actitud:

–És que ens desviem: una cosa és un dibuix i una altra una estampa. Això és un dibuix. Si ho he de saber jo! Demà l'esborraré i llestos.

Se'ls féu present l'amenaça temuda i es dirigiren entre ells discretes mirades d'intel.ligència. De puntetes, un home va acostar-se a la caixa semàfor i va prendre unes mides. El guardaagulles no el va veure, perquè estava abstret contemplant una parella que recoria els grups efectuant una recaptació. Tot passava silenciosament o en veu baixa, de manera que Xebo, que estava intrigat però feia l'esforç de no exterioritzar-ho, no podia saber què era allò que es preparava.

A mesura que avançava el dia, anaven acudint dones amb cistells de menjar que es lliuraven a un comerç actiu. Un vell estengué un diari a terra i col.locà al damunt

must, even so, have been hard to bear. She rested often and they supported her, without raising their voices or making a fuss.

Canabal went to meet them and told them that all this nonsense would get him into trouble. Clutching at their arms he went from one to another in an ineffectual attempt to persuade them to leave their route. He spoke of his responsibility, of the Cuernavaca passenger and goods train which was due at any moment, and of the sin of idolatry that they were in danger of committing.

'You've got it all wrong' he told them, 'that's your trouble.'

With a sweeping gesture he indicated that this was the fault of the people: their lack of understanding. Although he did not know exactly what he meant by this, he was sure that this was at the heart of the problem and, at that moment, would have given his life to the patron saint able to bestow wisdom on the people.

The group drove him along with them, pulling at his sleeves, until they all arrived in front of the picture. There the woman cried and gave thanks for some favour received. She covered her face with her shawl and bent her head until it touched the ground, repeating this reverential gesture mechanically. Everyone was moved except Charlie who persisted in his attempts to keep things in perspective. Finally he became dogmatic and invoked the Railway By-laws, assuring the people that the army would come to his assistance if they refused to clear the tracks.

This reference to the armed forces had the desired effect and in a few moments everyone had pushed their way back behind the barriers looking upset and surly.

Charlie Canabal reprimanded them in a fatherly way:

'You don't want to understand things and you always end up in a mess for being so stupid.'

While he took breath in order to continue his speech, someone replied:

'There's no need for insults, d'you hear? We've behaved very decently up to now.'

This allusion to their decency was uttered in offended tones. They were touchy on the subject and, quite suddenly, looked shifty-eyed and wary. Charlie softened his tone:

'The thing is, you're on the wrong tack: a drawing is one thing and a holy picture is something else. That, over there, is a drawing. If anyone should know, it's me! Tomorrow I'll rub it out and that'll be the end of the matter.'

Here was the threat they had dreaded and discreet, meaningful looks were exchanged by people in the crowd. A man tiptoed up to the signal box and took some measurements. The signalman did not see him because he was absorbed in watching a couple who were taking a collection among the crowd. Everything took place either in silence or in whispers so low that Charlie, who tried not to show that he was intrigued, could not tell what they were up to.

As the day progressed women began to arrive with baskets of food and set about transacting a lively business. An old man spread a newspaper on the ground on

tres piles de llavors de gira-sol. S'assegué davant de la parada i adoptà un posat somnolent, sense cantar la mercaderia ni mostrar el més lleu interès per atreure compradors. De tant en tant, s'acostava un client, agafava un grapat de llavors sense dir res i deixava una petita moneda a terra, confirmant que el bon gènere es ven sense esforç i propaganda, pel simple pes del seu prestigi.

–Hi haurà una desgràcia –anava murmurant Xebo–. Algú acabarà untat a les vies i aleshores vindran les lamentacions. Aleshores fareu el de sempre: voler tapar el pou quan ja s'hagi ofegat la criatura.

Però el cert era que ningú no feia gaire cas de les seves paraules i només acusaven la seva presència per a demostrar-li que constituïa un destorb.

–Encara no et toquen vacances, Xebo? –va preguntar-li un xicot, cantarellejant i arrossegant els mots amb un posat sorneguer.

I la gent va somriure, moderadament, ofegant les emocions i la manera d'expressar-les.

Sense saber-ho, Canabal sofria l'antiga amarguesa de l'home devorat per la seva obra. Seguint un impuls irat, agafà un drap i va insinuar el gest d'esborrar el dibuix. Però hi havia una guàrdia permanent que el deturà. Era una guàrdia tàcita, que es rellevava espontàniament sense organització ni consignes prèvies, que només s'apartava al pas de cada tren, quan Xebo estava ocupat amb palanques i banderoles i no es podia distreure.

A entrada de fosc, Canabal s'havia fet una nafra de tant mossegar-se els llavis per despit. Va plegar emmurriat i es dirigí a casa seva rondinant. Passà una mala nit: es despertava sovint i feia frases dubtant de l'eficàcia de la Revolució i de l'expropiació petrolera.

L'endemà li reservava una nova sorpresa. Havien collocat un marc de fusta amb un vidre gruixut davant del dibuix, assegurant-lo amb uns cargols sòlids.

El macip que havia empès Xebo a la seva dissort actual el va rebre amb aquestes paraules:

–Ja pots estar content, fill meu. Les teves mans han estat les escollides. Renta-te-les bé i no facis mai més res...

Això conhortà una mica el guardaagulles, però l'entristia pensar que aquesta nova glòria no li duraria com l'altra, renovada constantment pel xoc de cada creació amb el seu públic.

Li havia entrat de sobte una resignada capacitat de submissió, una lassitud que el feia rendir-se davant l'inevitable. Contemplà la corrua de gent, que encenia noves llànties, portava flors o bé ofrenava braços, cames, cors o caps de plata, clavant-los en el marc de fusta. Ell havia estat l'origen d'aquella mobilització popular i ara el deixaven al marge, l'obligaven a sentir-se aliè i sobrevingut. Com un punt de llum que anés creixent fins a convertir-se en una flama, nasqué en ell una esperança:

which he placed three piles of sunflower seeds. He settled down in front of his stall and appeared to doze off, without showing the slightest interest in attracting buyers or calling out his wares. Now and again a customer came up, took a handful of seeds without saying a word, and left a small coin on the ground, thus confirming that good merchandise sells itself without effort or advertising, simply through its quality.

'Something awful is going to happen,' muttered Charlie. 'Someone will end up squashed on the rails and then there'll be a fuss. It'll be the same as always: trying to board up the well after the baby's been drowned.'

But no-one took any notice of his words or presence there except to grumble that he was in the way.

'Not time for your holidays yet, Charlie?' one boy kept asking monotonously, drawling out the words in a mocking monotone, and the people gave a ghost of a smile, suppressing their emotions and hiding their feelings.

Without his being aware of it, Canabal's bitterness was an ancient malady: that of a man devoured by his own work. On an angry impulse he took up a cloth and gestured as though to erase the drawing, but a permanent guard was there to stop him. This spontaneous patrol, which was relieved with no organization or prior instruction, only broke up when a train came and Charlie was too busy with his levers and flags to do any damage.

At the end of the day Canabal had a sore mouth from biting his lip so hard in frustration. He left work in a bad temper and went home muttering to himself. He spent a bad night, waking often and making speeches which cast doubt on the value of the Revolution and the nationalization of the petroleum industry.

The next day held a new surprise for him. A wooden frame with thick glass had been fixed over the drawing, fastened in place with strong nails. The apprentice who had pushed Charlie towards his present unhappy state met him with the words:

'Now you can rest content, my friend. Yours were the chosen hands. Wash them thoroughly and don't draw anything ever again...'

This was some consolation to the signalman although he was sad to think that his new glory would not last like his old fame, which had been constantly renewed by the impact each new creation had caused among his public.

Quite suddenly he was overcome by fatigue and resignation in the face of the inevitable. He looked at the people queueing to light new candles, bring flowers, or offer little silver arms, legs, hearts or heads, sticking them to the wooden frame of the picture. He had been the source of this popular movement and now he was forgotten and made to feel like an unwanted stranger. As a spark ignites a flame, he had a sudden hope:

«Compraré una pissarra –pensà– i aniré fent els meus dibuixos al costat del semàfor.» Després, formulà el pensament en veu alta i el macip li respongué:

–No ho provis pas! No series digne del do que se t'ha concedit i, per altra banda, t'esbotzaríem la pissarra.

Canabal recollí la veritable força que contenia l'amenaça i tingué el convenciment que el seu art acabava de morir.

Durant uns quants dies, Xebo provà de reprendre la pau interior tornant als estats contemplatius. Però ja l'havia tocat l'aleteig de l'èxit i no podia estar-se quiet. Si intentava seguir, com abans, les formacions de núvols, se li acudien belles composicions per a realitzar amb guixos de colors, i si aclucava els ulls protegint-se del sol amb el seu barret de palma, imaginava cartells fustigant situacions i personatges o il.lustrant romanços de fets del carrer.

I encara que hagués tingut una bona disposició de l'esperit, no l'haurien deixat tranquil per als vagareigs del pensament, perquè tothora hi havia la fressa de la gent, el romiatge que es renovava sempre i l'espai en contínua creixença destinat als testos i a les llànties. Sostres nous anaven sorgint per a protegir tot això, i Xebo es veia més arraconat cada vegada. Acabà per odiar amb tota l'ànima la seva obra i sovint mirava el dibuix de reüll, amb una sorda irritació. En aquest sentiment no hi havia irreverència, ja que ell havia volgut representar només una noia pura. Tot el que havia succeït després escapava a les seves facultats de comprensió.

–Aquest dibuix em va perdre –digué un dia–. És com si m'haguessin tallat les mans i les tingués presoneres entre la capa de guix i el metall.

Una vella que l'escoltava s'horroritzà.

–No digui això, senyor Xebo! Pensi que el podrien castigar...

–Ho dic i ho penso sempre: quan podré, aprofitaré qualsevol distracció per a trencar el vidre i esborrar el dibuix. a veure si trobeu algú que en faci un altre d'igual!

S'havia format un grup al voltant del guardaagulles. Les dones murmuraven demanant misericòrdia per al blasfem i els homes acordaren que no s'escaparia del càstig. Aquesta idea del càstig de Xebo s'imposà amb una general acceptació i els mateixos que abans l'assenyalaven als amics i als parents com a autor de les admirables composicions, deien ara:

–És aquell, veus? No mesura les paraules i el castigaran.

–Li estarà bé.

–Sí. Un dia, quan més confiat estigui, les pagarà totes.

Ho trobaven natural i correcte. És més: sovint semblaven impacientar-se. «Encara volta per aquí?», es preguntaven amb un estupor sincer.

–Encara. Però és un fet. Jo no voldria tenir, com ell, la consciència bruta i estar-me sempre tan a prop de les vies.

"I'll buy a blackboard," he thought, "and do my drawings next to the signalbox."
But when he voiced this thought aloud the apprentice told him:

'Don't you dare! You would not be worthy of the gift bestowed on you and, anyway, we'd smash your blackboard.'

Canabal realised that this was no idle threat and was convinced that his artistic career was at an end.

For a few days he tried to rekindle his former peace of mind by returning to contemplation. But after his first taste of success he could no longer sit still. If he tried to watch cloud formations as he had before, he saw instead the beautiful compositions he could draw with coloured chalks. And if he closed his eyes, shaded from the sun under his straw hat, he imagined propaganda posters lashing out at people and events, or illustrating tales from everyday life.

Even if he had wanted to meditate, he was not left in peace to do so because of the ceaseless din made by the people, the unending pilgrimage, and the ever-increasing space taken up by potted-plants and candles. New roofs were put up to protect everything and Charlie found himself pushed increasingly to one side. He ended up hating his work of art with all his heart and frequently glared angrily at the drawing out of the corner of his eye. There was no irreverence in this feeling; he had only tried to depict a young girl. What had happened subsequently was utterly beyond his comprehension.

'That drawing was the death of me,' he said one day. 'It's as though they'd cut off my hands and trapped them between the chalk and the metal underneath.'

An old woman who overheard him was horrified.

'Don't say such things, Mr Charlie! You might be punished...'

'I'll say what I think. If I ever get the chance, I'll break the glass and destroy that drawing. See if you can find someone else who'll draw you one like it!'

A group had formed around the signalman. At this blasphemy the women murmured prayers for mercy and the men agreed that he would be punished for it without fail. The notion that Charlie would be punished caught the public imagination and those same people who had previously pointed him out to their friends and relations as a remarkable painter, now said:

'Do you see him? He has no respect and is going to be punished for it.'

'It'll serve him right.'

'Yes. He'll pay for it one of these days, when he least expects it.'

This they found natural and correct, and they even seemed impatient to see it. "Is he still around?" they would ask with sincere astonishment.

'Yes, still here. But I wouldn't like to have sins on my conscience like his and spend all my days so close to the railway lines, and that's a fact.'

Esperaven, doncs, que el tren resoldria les coses i, com passa de vegades el desig es convertí en profecia. Una tarda, en acostar-se una locomotora maniobrant, Xebo no pogué tancar les barreres. Forcejà amb desesperació i en comprovar que el mecanisme no funcionava, mogué la banderola vermella tractant d'avisar el xofer d'un autobús que s'acostava a gran velocitat. Inexplicablement, el conductor del vehicle no va fer cas dels senyals i entrà al pas a nivell sense disminuir la marxa. Canabal va tapar-se el rostre amb les mans i es girà d'esquena. L'aire s'obrí com una flor de puntes afuades i un gran estrèpit convertí en silenci tots els altres sorolls. Milers d'objectes o de fragments d'objectes ompliren l'espai disparats en totes direccions i un d'ells, descrivint una corba aèria, colpejà el clatell del guardaagulles. No fou un cop molt fort i Xebo conservà en part els sentits però va perdre durant una bona estona la noció del lloc i del temps. Va asseure's a terra i contemplà inexpressivament l'anar i venir de les persones, i escoltava els planys i els crits, tractant de recordar el que havia passat. Acudiren ambulàncies i cotxes de la policia i Xebo els reconeixia un caient familiar, però no els podia situar amb precisió dins el seu enteniment. Reclamat per una obscura exigència, recobrà com a primera percepció l'instint de salvar-se, i volgué fugir. Però una dona el va reconèixer enmig del tumult i el féu detenir per un agent uniformat. Canabal no presentà la més lleu resistència; de cop i volta va semblar-li que tot allò li era estrany i en el fons s'alegrava pensant que d'altres mans tindrien cura del seu destí. I que s'acabava un episodi de la seva per a començar-ne un altre, amb la possibilitat de liquidar el desconcert i el ressentiment.

Fins al cap d'una setmana no s'adonà de la seva nova tristesa. L'havien sotmès a llargs interrogatoris, l'abast dels quals no comprenia. Algú el pressionava perquè no digués res i algú altre li exigia que ho expliqués tot. En realitat, no hauria pogut afegir gaire informació al que ja sabia tothom i es trobà de seguida com a peó d'una pugna entre dues forces que el sobrepujaven de molt: els Ferrocarrils Nacionals i la companyia d'autobusos.

Per les converses amb d'altres detinguts, va entrar-li una temença que el turmentava dia i nit. Li parlaven de les illes Maries, de les cordes de presos que el govern enviava regularment al penal insular i de la vida dura que portaven els reus en un clima abominable, vigilats per guàrdies cruels.

En les diligències judicials, l'art de Xebo el perjudicà. Hi havia un acord general a considerar que no es podia pintar i alhora vigilar els trens i sorgia l'hostilitat, rarament confessada, de l'home llis per l'artista.

–Així, dibuixaves durant les hores de treball? Dropo!

–Al revés, senyor. Doble feina. Qüestió de l'ànima...

–Desgraciat! Aniràs a parar a les illes!

Aquesta al.lusió a la seva por el féu empal.lidir i abaixar els ulls. Una cosa era l'amenaça formulada pels seus companys de reclusió i una altra que la proferís un

They were expecting the train to resolve matters and, as sometimes happens, their wish was fulfilled. One afternoon, as a shunting locomotive approached, Charlie was unable to close the barriers. He struggled desperately, realised that the mechanism was not working, and waved a red flag to try to warn a bus driver who was approaching at great speed. Inexplicably, the bus driver took no notice of the signal and drove onto the level-crossing without reducing speed. Canabal covered his face with his hands and turned his back. The air opened up like a prickly flower and a great explosion blotted out all other sounds. Thousands of objects or fragments of objects were thrown in all directions, filling the air. One of them arched through the air and hit the signalman on the back of the head. It was not a very severe blow and Charlie remained semi-conscious, although he lost all sense of time or place for a while. He sat down on the ground and watched inexpressively as people came and went, and listened to their screams and cries, trying to recall what had happened. Ambulances and police cars arrived and Charlie recognised them without really understanding why they were there. Coming at last to his senses, his first impulse was to save himself and he tried to run away. But a woman recognised him in the middle of all the chaos and had him arrested by a uniformed policeman. Canabal offered no resistance at all; suddenly everything seemed unreal and, deep down, he was glad that his fate now rested in others' hands. One episode of his life had ended so that another could begin, wiping the slate clean of all unhappiness and resentment.

It was a week before he realised the extent of his new plight. He had been interrogated at length and did not understand why. Someone urged him not to say anything, while another ordered him to tell everything. In fact, he could not add any new information and soon found himself as a pawn in a duel between two powers which were way above him: the National Railway and the Bus Company.

As a result of his conversations with other detainees he was gripped by terror night and day. They spoke of deportation, of the chain-gangs the government regularly sent to the penal colonies and of the hard labour endured by prisoners in an abominable climate, under they eye of cruel guards.

At the judicial enquiry Charlie's artwork counted against him. It was generally agreed that one could not draw and keep a vigilant eye on the trains at the same time. A seldom acknowledged hostility felt by ordinary people towards the artist reared its head.

'So, you say you drew pictures during your working hours, you layabout!'

'On the contrary, sir. I worked twice as hard. The spirit moved me.'

'You wretch! You'll be sent to the penal colony.'

Canabal went pale and bowed his head at this mention of his very real fear. It was one thing for such threats to come from his fellow prisoners, and quite another

passant amb coll i corbata, revestit d'autoritat. «Així, doncs, és cert», pensà. I es passava les hores del dia cavil.lant i les de la nit trenant els seus insomnis. Provava d'imaginar composicions on la justícia quedava malparada, però no hi trobava consol i cada vegada tenia més temor. «Només et podrà salvar un miracle», es deia, i donà nova vigència a una vella fe. Va tornar-hi a poc a poc, d'una manera vacil.lant, a base de monòlegs interiors. «No hi ha hagut mala intenció, és evident. Mai no he volgut faltar a ningú. Que se'm perdoni! Vet aquí que un es deixa portar per un impuls natural i peca, cosa difícil de preveure. Sense estudis, es perd el carril de vista sense adonar-se'n.»

Era més loquaç parlant calladament que servint-se de la veu i allargava les seves reflexions amb pesada insistència fins a desembocar en una oració que improvisava i en la qual, en to dolgut, feia ressaltar la seva innocència i reclamava una atenció salvadora.

Finalment, va fer una prometença. Repetia el compromís cada vespre i el renovava el matí següent, recalcant sempre que ell no volia mal a ningú. Això calia que quedés clar perquè després, amb la confusió del temps, les coses es barrejaven i acabaria per trobar-se culpable ell mateix.

En realitat, havia fet dues prometences: una de gran, a base de molt demanar, perquè sortís lliure de tota culpa i potser amb una indemnitzacío i tot. Això era fort, se n'adonava, i la veritat és que no s'atrevia a confiar-hi. L'altra era perquè, si el condemnaven, que almenys no l'enviessin a les illes. Aquesta petició li semblava més raonable i no es cansava de repetir-la, proferint de vegades unes imprecises amenaces que l'afectaven a ell principalment. amb un to amable, deia en veu baixa: «Si se'm salva, molt bé. Ho tindré present tota la vida. Si no, m'acabaré de perdre deliberadament, amb la qual cosa no veig que ningú hi guanyi res. Apa!»

Per aquest camí, s'anava engrescant i acabava per dir, quasi en veu alta, que si demanant les coses ben demanades no se'n treia res, no valia la pena d'amoïnar-s'hi.

Un dia, el van treure gairebé a empentes. Li tornaren els objectes que duia al damunt en el moment de la detenció i el van deixar al carrer. Resultava que els Ferrocarrils Nacionals havien provat que el xofer de l'autobús conduïa en estat d'embriaguesa, per la qual cosa requeia damunt d'ell i de la seva companyia tota la responsabilitat de l'accident.

Xebo va anar a veure el seu superior, demanent per tornar al lloc de treball.

–De cap manera! –li fou contestat.

–És que ja s'ha vist que no sóc culpable.

–Precisament per això. Si sense ésser culpable t'has trobat en un embolic tan gros, el dia que en fessis alguna, ens ensorraries tots.

Canabal no ho va entendre ben bé, però li semblava que en el fons d'aquestes paraules hi havia una lògica irrefutable. Tenia un vague coneixement de lleis

to hear it from the mouth of a clerk wearing a collar and tie and wielding authority. "It must be true then," he thought. He spent his daylight hours worrying, and his nights rent by insomnia. He tried to imagine pictures depicting miscarriages of justice, but he found no consolation there, and grew increasingly petrified. "Only a miracle can save you now," he said to himself, and this gave new life to an old faith. He turned back to God little by little, in a hesitant way, by talking to himself. "I never meant wrong, that's obvious. I never intended to do anyone any harm. May I be forgiven! One is so easily carried away by an impulse and commits a sin before one knows it. With no education, it's easy to lose sight of the true path without realising it."

He was more garrulous talking to himself than when he spoke aloud and his ideas developed until they burst out in an improvised prayer in which he protested his innocence in pained tones and begged for salvation.

Finally he made a promise. He repeated the pledge every evening and renewed it the following morning, always recalling that he had not intended to harm anyone. It was imperative that he kept this fact clear in his own mind since otherwise he would become confused and might have ended up thinking himself guilty.

In fact, he asked for two favours: one was big and frequently reiterated: that he would come out of the affair cleared of all blame, and perhaps with compensation as well. This was a lot to ask, he realised, and he did not really dare rely on it. The other was that if they did convict him, at least they would not send him to the penal colony. This request seemed more reasonable and he never tired of repeating it, sometimes backed up by various veiled threats principally concerning himself. In low, conciliatory tones he would say: "If I'm saved, that'll be wonderful and I'll remember it all my life. But if not, I'll end it all and, as far as I can see, nobody'd gain much by that. So there!"

He grew quite excitable, bargaining in this way, and would conclude, almost out loud, that if asking for things properly had no effect, then there was no point getting upset about it.

One day they dragged him roughly out of his cell. They returned his belongings to him and left him in the street. It turned out that the National Railway had proved that the bus driver was driving while drunk, so the entire responsibility for the accident fell on him and his company.

Charlie went to see his boss to ask for his job back.

'No way!' he was told.

'But it's been proved that I'm not guilty.'

'That's precisely why. If you can get yourself into such a mess without being guilty, the day you actually do something wrong you'll sink us all.'

Although Canabal did not follow this very well, he felt that an irrefutable logic lay behind these words. He had a vague inkling of trade union laws which could

sindicals que l'haurien protegit i a desgrat de tot no se li va ocórrer d'emparar-s'hi. Pel que d'ell pogués dependre, estava decidit a deixar descansar la llei per la resta dels seus dies.

Tenia pendent un compromís i ell hi faria honor, ja que tractes són tractes. Va pentinar-se bé, comprà algunes coses i, descalç, emprengué el camí de casa seva al pas a nivell per la vora dels carrils i trepitjant la grava.

La marxa era dolorosa i avançava amb lentitud. El front se li omplí de gotes de suor, mentre confegia queixes amb les dents serrades, posant en tensió els músculs dels peus per endurir les plantes. «Sí, tenia raó ell –pensava–. El dia que faltessis de debò et baldarien.»

Arribà al pas a nivell i va posar-se, humil i pacient, a la cua. Tenia curiositat per conèixer el seu successor i el descobrí al costat del semàfor, amb un pot de llauna a les mans. Era gendre de l'intendent que li havia negat el reingrés i aguantava amb un posat respectuós el pot de llauna on la gent anava dipositant monedes.

El seu dibuix amb prou feines es veia, emmarcat per les flors i pels ornaments diversos que s'havien anat acumulant. La cua avançava amb calma, perquè cada persona es detenia una estona davant la figura.

Quan li arribà el torn, Xebo va clavar un cor de plata en el marc de fusta i encengué un ciri. El posseí un fervor veritable i volia mostrar el seu agraïment. Alçà la mirada i es trobà amb el seu dibuix, amb cada una de les ratlles i les taques de color que coneixia tan bé. Per no distreure's, aclucà els ulls i procurà concentrar-se, però havia vist una cosa que el preocupava. Obrí novament els ulls i va comprovar, en efecte, que una de les mans de la donzella era més gran que l'altra. No se n'havia adonat mai, però aleshores ho veia amb una claredat absoluta. Si no hagués estat pel vidre, el marc de fusta i les andròmines que hi havia acumulat la gent, corregiria la desproporció en un instant. Es tractava d'allargar els dits de la mà dreta i, ja que s'hi posava, faria més estrelles en el fons i donaria uns colors més vius a l'halo. Estava segur que tindria més encert en un nou intent, perquè la figura que contemplava no li plaïa. Tingué un sobresalt per aquest pensament, que va semblar-li poc adequat, i es penedí de donar entrada a idees al marge de la promesa que l'havia portat allí.

Provà de mirar endins del seu esperit, i àdhuc es pessigava amb força, aparentant un respectuós plegament de braços, però tot endebades. Tornava a obrir els ulls i veia fragments de la figura mal traçats, o que ara hauria resolt millor, o colors mal posats que li produïen frisança. Darrera d'ell, algú estossegà per donar-li pressa i aleshores va acarar-se resolutament a la donzella i la sentí com a cosa seva i ben lligada a les vies i, per tant, a la terra. Expressar-li agraïment hauria estat com remerciar-se ell mateix i això el ruboritzava.

No obstant això, el compromís hi era i no volia deixar de fer-hi honor. Sobtadament posseït per la febre creadora, clogué altra vegada els ulls i va imaginar

have protected him, but it never occurred to him to seek their assistance. As far as he was concerned, the law would be left well alone for the rest of his days.

He now had business to do, and set about honouring his pledge, since a deal is a deal. He combed his hair carefully, bought one or two things and set off barefoot from his house, walking over the gravel beside the railway track towards the level crossing.

His progress was slow and painful. His forehead was soon bathed in sweat and he mouthed complaints with his teeth clenched, tensing the muscles of his feet to harden their soles. "Yes, the man was right," he thought. "The day you make a real mistake, they'll slaughter you."

On his arrival at the level crossing he waited humbly and patiently in the queue. He was curious to see his successor and found him beside the signalbox, holding a tin can. He was the nephew of the inspector who had refused Charlie his job back. He held the tin out with a respectful air and people dropped money into it.

Charlie's drawing was hardly visible behind the flowers and different trinkets which had accumulated around it. The queue advanced slowly so that each person could stand for a brief while in front of the figure.

When it was his turn Charlie pinned a silver heart to the wooden frame and lit a candle. He was gripped by a sincere religious fervour and wanted to show his gratitude. He raised his eyes to gaze at his drawing, whose lines and blocks of colour he knew so well. To avoid distractions he shut his eyes and tried to concentrate, but he had seen something that worried him. He opened his eyes again and verified that one of the girl's hands really was larger than the other. He had never noticed this before but it was glaringly obvious now. If it had not been for the glass, the wooden frame and all the accumulated bits and pieces that people had brought he would have corrected the fault in a moment. It was only a question of lengthening the fingers of the right hand: and while he was about it he would put more stars in the background, and colour in the halo more vividly. He was sure he could do better if he tried again, since the figure as it stood displeased him. He was instantly shocked at this irreverent thought and regretted allowing his mind to wander away from the promise that had brought him there.

He tried to lay bare his soul and even pinched himself hard while appearing to cross himself respectfully, but it was no good. Opening his eyes he saw that parts of the figure were badly drawn or could have been done better, and there were areas of messy colouring which now annoyed him. Behind him somebody coughed to hurry him up; he faced the girl squarely, feeling that she belonged to him and was, like him, closely linked to the railway and thus to the earth itself. To have expressed his gratitude would have been like thanking himself, and he blushed at the very thought.

Even so, the promise still stood and he did not want to break it. Possessed suddenly by a creative impulse, he closed his eyes again and imagined the Virgin he

la Donzella que dibuixaria si les seves mans fossin de debò ungides amb la gràcia. La veia clarament i podia parlar-hi i regraciar-la. Podria demanar-li altres coses, i quan l'home que el seguia en la cua va donar mostres d'impacientar-se, murmurant i empenyent-lo amb els colzes, Xebo Canabal va fer una altra prometença: si li fos permès d'arribar a Sinaloa, si la germana de la seva mare que vivia allí li donava allotjament i assistència, pintaria la Donzella, tal com no se la podria imaginar mai el macip. La gent només s'atreviria a contemplar-la de genolls, i Xebo's s'agenollà i va oferir les mans perquè li fossin beneïdes.

Després, va separar-se de la cua i es va calçar dificultosament les sandàlies. Tenia els peus inflats, amb les plantes sangonoses i quasi no s'aguantava dret.

Ranquejant, s'allunyà sostenint-se amb la barrera que vorejava les vies i, en passar per davant d'un dels venedors de menjar, li digué amb un aire triomfal:

–Tot ho veieu petit, vosaltres. Allà on jo vaig ara, si la meva veu és escoltada, sorgiran enormes parades, immenses piràmides de llavors de gira-sol...

I somrigué amb esforç, d'una manera paradoxalment trista, per tota la pena que li era reservada fins a arribar a Sinaloa.

Kalders-Mèxic. 1939
–Vols-t'hi jugar que he perdut el bitllet?

2. *La Revista dels catalans d'Amèrica*, No. 1 (October 1939), p.65

would draw if his hands really were endowed with holy grace. He saw her clearly and could both address and thank her. He could ask her for other things too, and while the man behind him gave signs of becoming impatient, murmuring and pushing with his elbows, Charlie Canabal made another promise: if he were permitted to arrive safely in Sinaloa, and if his mother's sister who lived there gave him shelter and help, he would paint a Virgin that the apprentice could never have imagined. People would only dare to contemplate her on their knees. And Charlie, kneeling himself, offered up his hands to be blessed.

Then, he left the queue and with difficulty put on his sandals. His feet were swollen and bloody and he could hardly stand up.

He limped away, supporting himself on the barrier bordering the railway track. Passing one of the snack vendors he exclaimed triumphantly:

'You narrow-minded lot. If my prayer is heard, the place I'm going to will have huge stalls and enormous piles of sunflower seeds...'

And with an effort he smiled, though in an oddly sad way because of all the pain still in store for him before he reached Sinaloa.

2. UNA CURIOSITAT AMERICANA

Moltes vegades, els meus amics m'han preguntat la procedència de la gran figura que tinc en el rebedor de casa meva. He hagut de perdonar sempre aquesta curiositat perquè es tracta d'una cosa singular. Però fins ara no em decideixo a donar detalls, tenint per segur que el temps transcorregut m'estalviarà complicacions.

Fou així: un dia va venir a veure'm un senyor de Colòmbia a qui jo no coneixia. Ell mateix va prendre la iniciativa:

–Vinc de part d'un amic vostre que viu a Santa Rosa. Jo he hagut de fer una visita de negocis a aquest país i el vostre amic em va pregar que us vingués a dir qu ell, la seva senyora i les nenes es troben en bon estat de salut.

El vaig fer entrar, oferint-li seient. Era una persona molt polida, d'una correcció que portava com un pes; els seus vestits denotaven una preocupació a favor de l'elegància i s'assegué sense fer-se ni una sola arruga.

–Estareu molts dies en aquesta ciutat?

–No. Me'n vaig demà de bon matí, amb l'avió de les sis.

Era tímid. Per tal d'ajudar-lo a lligar conversa, el vaig convidar a beure i el licor el desencongí. Començà a explicar-me coses d'una dama coneguda seva, víctima d'un mal matrimoni que, segons ell, mereixia el pietós interès de tothom. En el curs del seu parlament, em digué que la senyora estava casada amb un militar, i de sobte, com si aquesta circumstància l'hagués allunyat del tema central per una associació d'idees, em preguntà:

–A propòsit: em podríeu dir si em serà possible de trobar aquí municions del calibre 6'35?

Jo no tenia ganes de mostrar sorpresa davant d'un foraster, i li vaig dir que sí, que segurament en trobaria. I perquè veiés que no em deixava impressionar li vaig preguntar si usava armes de foc.

–Si –digué–. Per una preocupació de tipus purament personal. Tinc una pistola automàtica que és una joia.

I es tragué de l'infern de l'americana una arma de fantasia, niquelada i amb aplicacions de nacre.

A mi les armes m'han agradat sempre, però les d'aquest model no les puc sofrir. Amb tot, per cortesia, vaig demanar-li que me la deixés veure.

Va allargar-me-la i la vaig agafar fent pinça amb els dits. Era una pistola repugnant, que molestava, com un objecte d'art per a decorar pianos.

La tenia en el palmell de la mà, cercant paraules per dir que m'agradava, quan la pistola es va disparar.

2. AN AMERICAN CURIO[2]

My friends have often enquired as to the origins of the large statue in my hall and I have always excused their curiosity since it is such an unusual item. However, I had refrained from divulging the details up to now, feeling certain that I would avoid unnecessary complications with the passing of time.

It happened like this: one day a stranger from Colombia came to visit me. Taking the initiative, he said:

'I've come to see you on behalf of a friend of yours who lives in Santa Rosa. Since I was coming over here on business, your friend asked me to let you know that he, his wife, and the children are all well.'

I invited him in and offered him a chair. He was a neat-looking man weighed down by his good manners. His clothes reflected an elegant taste and he sat down without making a single crease in them.

'Are you staying in town long?'

'No, I leave early tomorrow on the six o'clock flight.'

He was timid. To draw him out a bit I offered him a drink and the alcohol made him expansive. He began to tell me about some lady-friend of his, the victim of an unsuccessful marriage who, he maintained, deserved every sympathy. He mentioned in passing that the lady was married to an army officer then, suddenly digressed from his subject, as though by an association of ideas, to ask me:

'By the way, could you tell me whether it's possible to obtain calibre 6.35 ammunition over here?'

Having no wish to display surprise in front of a stranger I told him that, yes, I was sure it could be found. And to show him that I was not impressed I asked him if he used firearms.

'Yes,' he said. 'Purely a personal hobby. I have a real gem of an automatic pistol.'

And out of his jacket pocket he took a nickel-plated ornamental gun, inlaid with mother of pearl.

I have always liked firearms, but I cannot abide this kind of thing. Out of politeness, nevertheless, I asked him to show it to me.

He passed it over and I took it gingerly between my fingers. It was a repulsive pistol, as disagreeable as those *objets d'art* used to decorate pianos.

As I held it in the palm of my hand, searching for the words to say that I liked it, the pistol went off.

---

2   An American Curio' *(Una curiositat americana)*, first published in *Cròniques de la veritat oculta* (Chronicles of the Hidden Truth), 1955.

–Dispenseu –vaig dir.

El senyor va fer un ep feble i es portà les mans a l'estómac.

–Que us ha tocat?

–De ple!

Vaig dir-li que no s'espantés, que no seria res, i jo mateix el vaig ajeure en un sofà. Tenia l'esperit tranquil perquè estava segur que aquella coseta no podia fer mal a ningú. No obstant això, com que em plau d'observar les lleis de l'hospitalitat, em vingué el propòsit d'ésser sol.lícit i de seguir-li –pensava jo– la seva jeia de ferit.

–A veure, a veure –li anava dient–. No cal pas que perdem la serenitat.

Ell mateix es descordà la roba i em va mostrar un foradet damunt la pell, com la picadura d'un insecte gran.

–Us fa mal?

–No ho sé. Em trobo malament.

Em va semblar que devia tractar-se d'una d'aquestes persones fleumes, i per tal de tranquil.litzar-lo (tot fent veure que jo sabia exactament el que calia fer en aquests casos), vaig donar una mirada als medicaments que guardava a casa meva. Tenia tintura de iode, dues aspirines i bicarbonat. "Encara et sobraran recursos", pensava. I, segur que tots dos exageràvem, li vaig pintar la ferida amb iode, obligant-lo tot seguit a prendre una aspirina.

–Apa. Ara descanseu una mica i cap a casa falta gent, per tal de ficar-vos d'hora al llit. Demà us sentireu com nou i podreu retornar a Colòmbia com si no hagués passat res.

–Em sembla que no hi tornaré mai més, a Colòmbia.

Tenia un filet de veu i una gran pal.lidesa li anava guanyant el rostre.

–Vinga, home, vinga. Encara em faríeu enfadar. Si vós mateix us suggestioneu, acabareu per trobar-vos malament de debò.

Aleshores, li va venir el neguit d'excusar-se per les molèsties que em donava, i durant una bona estona murmurà paraules de disculpa, aparentant –creia jo– un gran esforç.

–Potser convindria avisar un metge –digué després.

–No, home, no. Es riuria de nosaltres.

Mig d'esma s'anava desfent les arrugues del vestit i procurava no posar els peus damunt la tela del sofà. Vaig observar que aclucava els ulls i que es deixava vèncer per una mena de somnolència.

–Sobretot, no us ensopiu. Hauríeu de provar d'alçar-vos i caminar una mica.

–Em fa mal l'estómac, ara –respongué.

Estava temptat d'aixecar-lo d'una bursada i obligar-lo a trobar-se bé. Però el meu paper d'amfitrió m'ho impedia, i vaig dir-li:

–Bé. Us donaré una mica de bicarbonat i res més. Enteneu? I feu-vos el pensament que amb això n'hi ha d'haver prou.

'Excuse me,' I said.

The man gave a feeble gasp and put his hands to his stomach.

'Did it hit you?'

'Fair and square!'

I told him not to be alarmed since it was nothing at all, and helped him to lie down on the sofa. I remained perfectly calm, secure in the knowledge that a plaything like that couldn't hurt a fly. Nevertheless, I like to abide by the laws of hospitality and so I tried to be concerned and to play along with (as I saw it) his little game of being wounded.

'Let's have a look,' I said to him. 'There's no need to get excited.'

He unbuttoned his shirt and showed me a tiny hole in his skin the size of a substantial insect-bite.

'Does it hurt?'

'I don't know. I feel ill.'

I was convinced that he was just one of those sickly types, and thought to calm him down by demonstrating that I knew precisely what to do in these cases. I had a quick look through the medicines I keep at home. I had iodine tincture, two aspirins and some bicarbonate. "That's more than enough," I thought. Convinced that we were both exaggerating, I painted the wound with iodine, and made him take an aspirin.

'There you are. Now have a little rest and then off home with you and get an early night. Tomorrow you'll feel as good as new and you can go back to Colombia as though nothing had happened.'

'I have the feeling that I shall never see Colombia again.'

He spoke with only the ghost of a voice and his face was turning extremely pale.

'Come along now, old chap, or you'll make me angry. If you convince yourself, you'll end up feeling really ill.'

Then he became anxious to excuse all the inconvenience he was causing me, and for some time murmured words of regret, apparently (I thought) with a great effort.

'Perhaps it would be best if we called a doctor,' he said after a while.

'Goodness me, no; he'd only laugh at us.'

In a daze he smoothed the creases out of his suit and tried not to put his shoes on the sofa. As I watched he shut his eyes and seemed overcome by drowsiness.

'The main thing is not to go to sleep. You ought to try standing up and walking about a bit.'

'My stomach really does hurt now,' he replied.

I was tempted to pull him to his feet in one jerk and force him to feel better. But my role as host prevented me and I told him:

'Alright. I'll give you a bit of bicarbonate, then that's it. Understood? Let's get it quite clear now, that that will have to do.

De bo de bo, jo començava a sentir-me irritat. D'aquell amic de Colòmbia (i de la seva senyora i les nenes), tant se me'n donava; hauria pogut passar molts anys sense saber-ne res. I, per una notícia no desitjada, em veia obligat a quedar-me a casa, lligat per les pors d'una persona esveradissa. El més que podia pensar –i a vegades encara ho penso ara– és que aquell senyor devia haver menjat alguna cosa en males condicions, o bé que patia una vella malaltia que feia crisi aleshores.

–Sou un home sa, vós? –vaig preguntar-li.

–Sí. Mai no he estat malalt. Però ara m'acabo. M'hauríeu de portar a alguna banda, perquè si no em moriré aquí, i serà d'una incorrecció imperdonable.

–Sí que ho seria. No ho puc admetre de cap manera. Després de tot, la bona educació no m'obliga a tant.

Però no em preocupava massa. Sempre he sentit dir que una persona no es mor així com així, i no podia creure que aquella, sense reals motius que jo pogués reconèixer, donés un pas de tanta transcendència en el sofà de casa meva.

Em vingué l'impuls d'obrar amb energia, i agafant-lo per sota l'aixella el vaig alçar.

–Proveu de caminar.

Ho intentà sense convicció, se li plegaren els genolls i caigué.

–Torneu-me al sofà, si us plau –em va dir–. No us causaré més molèsties pel fet de morir còmodament.

Va fer una pausa, mentre jo el collia, i després afegí:

–Estic avergonyit. Us asseguro que, aquestes coses, les voldria passar en la intimitat...

Mentre ho deia, em va mirar amb una mirada tan submisa, que m'entendrí.

–Home –li vaig dir–, aquest no és el cas. Si és que esteu ben decidit, no us considereu lligat de mans per la meva presència. Feu-vos el càrrec que us trobeu a casa vostra.

Tant de bo que no li ho hagués dit mai! Em va somriure amb un gran esforç, tot expressant agraïment, i començà a apagar-se, abandonant la voluntat de viure.

Jo procurava animar-lo, explicant-li acudits, però em semblà que no m'escoltava. No podria dir l'estona que vàrem passar així; em fa l'efecte que passaren hores, perquè va fer-se fosc i em vaig veure obligat a encendre els llums.

Vingué un moment en el qual el senyor de Colòmbia es va incorporar amb energia, alçant el braç dret amb el puny clos i esbatanant els ulls. "Ja li passa"; vaig pensar jo.

Però m'equivocava. Em va mirar i cridà:

–Visca el panamericanis...!

I caigué d'una manera total, com si se li hagués trencat una gran roda.

I was growing increasingly irritated. That friend of mine in Colombia (and his wife and children) were all the same to me; I could have survived perfectly well for many years without receiving any news of them. And all on account of this unwanted message I now found myself forced to stay indoors, sharing the worries of a coward. The only explanation I could come up with – and I sometimes still believe it – was that the man must have eaten something that had gone off, or else he suffered from a long-term illness that was coming to a crisis now.

'Are you a healthy man?' I asked him.

'Yes. I've never been ill in my life. But now I'm finished. You'll have to carry me somewhere because otherwise I'm going to die right here, and that would be unforgivably rude.'

'Yes, you're quite right, it would. I really can't allow it under any circumstances. After all, even good manners don't extend that far.'

But I was not excessively concerned. I've always heard it said that people don't die as easily as all that, and I could not believe that this man, for no obvious reason that I could fathom, should take so momentous a step on my living-room sofa.

Fired by the urge to do something positive, I grabbed him under the armpits and lifted him up.

'See if you can walk.'

He tried without much enthusiasm, then his knees gave way and he fell down.

'Put me back on the sofa, if you would be so kind,' he said to me. 'I won't cause you any extra inconvenience by dying in comfort.'

He paused while I picked him up, then added:

'I am so ashamed. I can assure you that I would much rather such things took place in private...'

As he said this he looked at me so humbly that I softened.

'Come now,' I said, 'don't take on like that. If you really are intent on dying, please don't let my presence disturb you. Go right ahead, and think of this as though it were your own home.'

If only I had never said it! With a huge effort he gave me a smile full of gratitude, and began to sink, abandoning the will to live.

I tried to arouse him by telling jokes, but I don't think he heard me. I couldn't say how long we spent like this; it must have been hours because it grew dark and I had to turn the lights on.

There came a point when the man from Colombia sat up briskly, raised his right hand with his fist clenched and his eyes staring. "He's getting over it at last." I thought.

But I was wrong. He looked at me and shouted:

'Long live the Panamericans...!'

And then fell back finally, as though a major cog had broken inside him.

–Per favor –li deia tot sacsejant-lo–. No us en aneu sense dir-me el vostre nom, almenys.

I quan jo pronunciava aquestes paraules, ell ja no hi era. El darrer alè de vida li fugia en aquell instant, com una anella de fum blau. "Nyicris!", vaig remugar amb les dents closes.

A desgrat del meu despit, tenia la sensació clara que s'acabava de produir un fet important. La mica de bèstia que és fama que tots portem a dins m'encomanà un pensament: "Ara, tot el que porta al damunt et pertany." Però sento la civilització fortament, i vaig foragitar la idea. Aleshores, com em passa sempre enfront de situacions difícils, em dominà un empatx de transcendència i tot de normes socials m'ompliren la memòria.

Vaig suposar que un home curós d'ell mateix com era el difunt, dels anys que aparentava i, segons podia suposar-se pel seu capteniment, persona de bons costums, devia ésser casat. Se m'ocorregué que la primera cosa que calia fer era escriure a la vidua comunicant-li la novetat. Sense pensar-ho gaire, vaig agafar paper i ploma per a escriure-li la següent carta:

"*Senyora: em trobo en el cas de prendre les precaucions que s'acostumen quan es tracta de comunicar la notícia d'una mort inesperada.*

Tots els circumloquis serien improcedents, perquè, ratlla més, ratlla menys, us ho he de dir de totes maneres. Diu que serveix de consol en aquests casos pensar que tots hem de passar pel mateix adreçador. Penseu-ho així i resigneu-vos: el vostre marit ja no és d'aquest món.

També us servirà de conhort, i d'exemple per als vostres fills (si és que n'hi ha), el saber que l'últim pensament del desaparegut ha estat per a un gran ideal americà.

En fi. Penseu que, encara que ens hagi deixat, el seu record, etc., etc.

Us prego que em digueu, pel mitjà de comunicació més ràpid, on voleu que us trameti el cadàver.

Les estimades despulles, així com els meus serveis i la meva consideració més distingida, són a la vostra disposició.

La Signatura."

Tot just acabada, em semblà que la carta no omplia les necessitats d'aquell moment. No sabia el nom, ni l'adreça i vaig comprendre que la primera providència havia de consistir a registrar el mort.

Ja tenia la seva cartera a les mans i em disposava a examinar els papers, quan una reflexió que tothom trobarà bona m'aturà el gest. Perquè –pensava– la senyora aquella voldria saber detalls i, si tenia l'obstinació que acostumen a tenir les dones d'una determinada edat, no sabria fer-se càrrec de les coses.

Per tant, vaig cremar la meva carta i tots els documents del visitant, sense mirar-los. Em va semblar millor continuar ignorant qui era, perquè no m'unia cap lligam

'Please,' I said shaking him, 'don't leave without telling me your name, at least.'

But even as I spoke these words he had already departed, his last breath of life escaping his body like a blue smoke-ring. "Coward!" I muttered between clenched teeth.

Despite my anger, I realised that an important event had just taken place. The devil which we are all renowned to carry around inside us prompted in me the thought: "Now all his worldly goods belong to you." But I am ruled strictly by my civilized values and drove off the idea. Then, as always when confronted with predicaments, I was overwhelmed by the momentous implications of all this, and was reminded of all manner of social obligations.

I imagined that a man such as the deceased, judging by the care he took over his appearance, and by his apparent age and regular habits, must be married. It occurred to me that the first thing to be done was to write to his widow informing her of the news. Without more ado I found pen and paper in order to write her the following letter:

"Dear Madam, I find it incumbent on me to take the usual precautions needed in communicating the news of an unexpected death.

All digressions would be inappropriate since, the long and the short of it is, I have to break the news to you in any case. They say that on these occasions it serves as some consolation to be reminded that we all must pass on through the same great divide. Try to think of it this way and resign yourself to the fact that your husband is no longer of this world.

An additional solace to you, and an example for your children (if you have any), is the knowledge that the deceased's final thought was of a great American ideal.

To conclude, remember that, even though he may have left us, his memory, etc. etc...

I should be grateful if you could let me know by the fastest means of communication, where you would like me to send the body.

The beloved mortal remains, together with my services and most heartfelt sympathies are at your disposition.

The Signature"

No sooner had I finished it than I knew that the letter did not fit the occasion. I did not know the name or the address and I realised that my first move ought to be to register the death.

I was already holding his wallet and was about to examine his papers when a thought, which everyone will consider laudable, stopped me in my tracks. Because – I reasoned – the lady would want to know the details and, if she was as obstinate as women of a certain age usually are, she would be unwilling to accept the news.

So I burned my letter and all the visitor's documents without even looking at them. I felt it was better to remain ignorant of who he was since no bond of

d'afecte, amistat ni coneixença amb ell i creia que allò, aquell accident, li hauria pogut ocórrer a qualsevol altra banda. Jo ho hauria llegit al diari, sense que la meva pau interior es pertorbés; el fet que la casualitat hagués triat casa meva per a enllestir aquella persona no m'obligava a sentir-m'hi especialment interessat, ja que no deixava d'ésser un desconegut.

Aquesta composició d'idees va servir per a deixar-me la consciència neta i el cap despert, sense les traves dels retrets de l'ànima, a bon punt per resoldre el que calia fer.

Quedava clar que, en primer lloc, calia treure de casa aquell cadàver intrús. El senyor, que a primera vista em va semblar poc corpulent, se m'apareixia aleshores com una nosa enorme. Vaig decidir treure'l al carrer i deixar-lo a qualsevol cantonada, però era precís embolicar-lo. Embolicar-lo amb què? De moment, se'm va ocórrer utilitzar qualsevol cortina de les que feien acollidor el meu domicili, però era un sacrifici excessiu.

Llavors, recollint uns quants periòdics vells, vaig intentar l'embalatge més voluminós que mai hagi passat per les meves mans. Només les persones que coneguin una experiència semblant podran convenir amb mi com és de dolent el paper dels diaris; a mitja feina, em va entrar una gran desesma. Es tractava d'una empresa que em prendria hores llargues i senceres i, a més, m'ha molestat sempre sortir al carrer amb paquets grossos. No. Calia pensar-ho bé, i pensant, pensant, m'il.luminà la idea de la solució correcta.

Vaig col.locar el senyor de Colòmbia a l'armari de la roba, penjant-lo pel coll de l'americana, i després, cridant la dona de la neteja, li vaig dir que me n'anava de la ciutat per una bona temporada, que tancava el pis amb pany i clau i que ningú no hi havia d'entrar per cap motiu.

De fet, ja feia dies que tenia la intenció de prendre'm unes vacances, i aquella oportunitat, encara que honestament no pogués ésser considerada bona, venia bé.

Foren unes vacances magnífiques, en un centre de repòs prop d'un gran llac. Per cert que (volia dir-ho en la primera ocasió que tingués) em fou possible de comprovar un fet que ja sospitava de feia temps: per a la pesca en aigües quietes, són molt millors els esquers artificials que els naturals i que, d'entre els primers, els que fabrica la casa "Locke", de Londres, donen un resultat molt superior a tots els altres que he provat. En el concurs de pesca que va celebrar-se en aquell llac vaig guanyar el primer premi entre divuit concursants, utilitzant únicament materials de l'esmentada marca.

Els dies em van passar amb rapidesa, i he de dir que això no es degué pas només a la bellesa de l'indret, ja que jo empenyia el temps amb petites aventures. Per exemple, a causa d'una ballarina polonesa, vaig concertar un duel amb un marquès; però aquesta incidència, lluny de causar danys a ningú, em valgué l'amistat del marquès –amb el qual encara ens escrivim regularment–, i si no fos una altra la

affection, friendship or acquaintance linked us together and, I contended, he could have had that accident anywhere. I would have read about it in the newspaper without it disturbing my peace of mind. The fact that fate had picked on my house from which to carry this person off did not make me duty-bound to show any special interest in the case, since the man remained a complete stranger.

This justification freed my conscience from any sense of responsibility and cleared my head of inhibitions, leaving me ready and able to sort the matter out.

It was clear that, first of all, I must remove that intrusive corpse from my house. The gentleman, who at first sight I had thought to be fairly slim, now seemed an enormous burden. I decided to take him outside and leave him on some street-corner, but first I would have to wrap him up. But wrap him up with what? My first thought was to use one of the curtains which make my home so comfortable, but this seemed an excessive sacrifice.

Then, collecting together some old newspapers, I started wrapping up the biggest parcel ever to have passed through my hands. Those who, like me, have had such an experience will agree how dreadful newsprint is: half way through my task I was overcome by utter dejection. This enterprise was going to take me ages and, worse still, I have always hated carrying large packages along the street. No. More thought was needed, and after pondering the matter further I came up with the perfect solution.

I placed the Colombian gentleman in my wardrobe, hanging him up by the neck of his jacket. Then, calling the cleaning woman, I told her that I was leaving town for quite a while and was locking up the flat, and that no-one should come in for any reason.

I had in fact been planning a holiday for some time, and this opportunity, although it could not in all honesty be considered fortuitous, had come at the right time.

I had a magnificent holiday in a peaceful resort near a large lake. By the way, I had the chance to test a theory I had suspected to be true for some time (I've been meaning to tell someone about it). When fishing in still waters, artificial flies are much better than live bait and, among the former, flies made by the London manufacturer "Locke" give better results than any others I have tried. In a fishing competition held at the lake I won first prize out of eighteen competitors, using only this supplier's materials.

The days sped by, although I must say that this was not due solely to the beauty of the spot, since I hurried time on with little adventures. For example, I agreed to a duel with a Marquess on account of a Polish ballerina; but this incident, far from hurting anyone, earned me the friendship of the Marquess – with whom I still maintain a regular correspondence -, and if I were not presently engaged in telling

història que ens ocupa, m'agradaria d'explicar tota una cadena d'afortunades circumstàncies.

I quan se m'acabaren els pretextos per a allargar més el meu descans, vaig retornar a la ciutat. És generalment coneguda la joia de reveure l'asfalt i els tramvies, de tornar a sentir els sorolls urbans després d'una absència; jo experimentava l'eufòria del retrobament de coses belles i estimades, i ni el record del senyor de Colòmbia no podia enterbolir aquell moment...

Vaig obrir serenament la porta del pis i, sense ni tan sols treure'm el barret, em vaig dirigir cap a l'armari de la roba. I és ara quan he de retre de gust un homenatge a l'exquisida correcció d'aquell americà del sud, que portava la seva polidesa cel enllà... Encara tenia el gest de correcte encongiment per trobar-se en una casa estranya, i havia tingut l'atenció pòstuma de mantenir-se en un estat de conservació perfecte. Les pomes que jo guardava per fer olorosa la roba blanca, l'havien perfumat lleugerament i era un cadàver que es podia tocar amb les mans sense la més petita repugnància.

La pell se li havia ressecat i tot ell semblava de cartó. En despenjar-lo, vaig comprovar que no pesava gens i que la seva rigidesa era absoluta. Em va fer pensar –i sé que això no ofendrà la seva memòria, perquè el pensament venia acompanyat d'un cert afecte– en alguns dels ornaments de les falles valencianes.

Amb una sola mà el podia portar d'una banda a l'altra, i el vaig deixar al menjador, a terra, damunt d'una gran pell decorativa.

Mirant-me'l, se'm va acudir la solució definitiva del problema. Vaig treure-li la roba que portava i li vaig posar una mena de faldilles, fetes d'una tela índia de colors. Després, el vaig penjar en un clau del rebedor. En aquell lloc, i vestit d'aquella manera, el senyor de Colòmbia semblava una curiositat americana. I, de fet, tots els que l'han vist fins ara en el seu nou estat se'l prenen en aquest sentit.

you another story, I would happily recount a whole series of other strokes of good fortune that befell me.

When I ran out of pretexts for extending my holiday I returned to the city. We all know the joy of seeing the asphalt and the trams again after being away, and hearing once more the sounds of the city; I felt euphoric as I rediscovered beautiful and much-loved things, so that even the thought of the Colombian gentleman could not spoil that moment...

I opened the front door of my flat serenely and went straight to the wardrobe without even removing my hat. And it is now that I take great pleasure in paying homage to the exquisite etiquette of that South-American who carried his good manners even to the grave... He still looked politely bashful at finding himself in a strange house, and had taken the trouble, posthumously, to maintain his body in a state of perfect preservation. The apples I keep to scent my sheets had perfumed him lightly and he was a corpse that one could touch without feeling the slightest repugnance.

His skin had dried up and his body felt like cardboard. On unhooking him I found that he weighed hardly anything and was completely rigid. I know that this will not offend his memory, since the thought was an affectionate one, but he reminded me of a Valencian doll.[3]

I could carry him around using one hand, and I left him lying on a large decorative skin on the dining-room floor.

The final solution for the problem dawned on me as I looked at him. I undressed him and put him into a kind of skirt made of coloured Indian cloth. Then I hung him on a nail in the hall. Suspended and thus attired, the Colombian gentleman resembled an American curio. And the fact is, everyone who has seen him up to now in his new state has taken him to be just that.[4]

---

3   This is a reference to the lifesize carnival figures made of wood, fabric or cardboard, set up all over the city of Valencia as part of the 'Falles' festival. Dating from the 18th century, this festival is held annually on 19 and 20 March in honour of St Joseph.

4   The mummified corpse of the South American visitor brings to mind the chamber of "mummies" on show in a room alongside Guanajuato cemetery near Mexico City. When the wall niches were emptied of their coffins (a common occurence in Mexico and Spain to make way for the newly deceased), it was found that currents of air had caused some bodies to dry out instead of decomposing. The resulting mummies were put on public view. One wonders if Calders may have had these macabre exhibits in mind when he composed this story.

3. RULETA RUSSA

–Mira si és pega –va dir l'Albert al seu company d'oficina–; ara que passava una bona temporada, he descobert que l'Elena m'enganya.

Eren a primera hora del matí i tot just acabaven de marcar la tarja d'entrada. En Ramon es va quedar parat, perquè, generalment, no abordaven els temes importants fins pels volts de les onze, després que la feina els havia escalfat una mica.

–Això, aviat és dit –respongué en Ramon–. Tu t'embales de seguida, sense comptar que les reputacions s'han de tractar amb pinces.

Va adonar-se que, per a una situació de tant compromís, l'expressió quedava pobra. I afegí:

–Però, n'estàs segur? No et fas catúfols?

L'Albert reflexionà una mica. Volia fer cara de circumstàncies i no se'n sortia, per falta d'estudi del paper.

–Ja saps com penso –digué finalment–. En aquest món no hi ha res segur. Però quan cau el cop, desgraciat de qui l'arreplega.

La Pilar, la secretària, els va allargar uns fulls.

–El senyor Sants diu que repassin aquestes sumes.

Tots dos se la van mirar mentre la noia se n'anava; tenia uns voltants d'esquena atractius i, en caminar, brandava el cos d'una manera que suscitava agraïment.

L'Albert va apartar els papers i continuà la conversa:

–Ara no entrem en detalls. Em preocupa la qüestió de tràmit. Què faries, tu? La mataries?

–De cap manera! –exclamà en Ramon.

Li sortí de l'ànima, perquè l'Elena, la dona de l'Albert, li agradava. A més, tenia un complex d'infantesa: la seva mare li deia a cada àpat que la vianda no s'ha de fer malbé. Per dissimular la vehemència, asserenà la veu i digué que, en tot cas, mataria l'altre.

–Però no, tampoc... Massa maldecaps i sempre hi ha el perill que s'hi torni i aleshores la pífia és grossa.

En Ramon, profundament racial, era pacifista. Va aixecar-se de la cadira i tocà l'espatlla de l'amic:

–Procura no encegar-te i sospesa-ho tot amb calma. Et serveix l'Elena?

–Què vols dir?

–T'ha anat bé com a muller?

3. RUSSIAN ROULETTE[5]

'What a blow!' said Albert to his office colleague. 'Just when things were going so well, I find out that Elena is deceiving me.'

It was early morning and they had just clocked in for work. Ramon was amazed because they seldom launched into such important subjects until at least eleven o'clock, by which time their work had warmed them up a bit.

'That's easy to say,' replied Ramon, 'but then you always think the worst straight away, and you forget that a person's reputation must be treated with respect.'

Feeling that these words didn't do justice to so delicate a situation, he added:

'But are you certain? You aren't just making it all up?'

Albert pondered a moment. He wanted to put on a face suited to the occasion but failed, not having prepared his role beforehand.

'You already know what I think,' he said finally. 'In this world nothing is certain. But when the blow falls, unhappy the one who's underneath it.'

Pilar, a secretary, handed them a sheaf of papers.

'Mr Sants says you're to check these additions.'

They both watched as the girl went out. She had shapely hips and wiggled her body in a thoroughly agreeable manner as she walked.

Albert put the papers to one side and continued the conversation:

'Let's not go into the details now. What's worrying me is how to deal with it. What would you do? Kill her?'

'Of course not!' exclaimed Ramon.

This cry came from the heart because he liked Elena, Albert's wife. He also had a complex stemming from his childhood: every mealtime his mother used to tell him not to make a mess of his meat. To cover his previous vehemence he steadied his voice and said that, in any case, he'd kill the *other man*.

'No, that'd be no good either... Too much of a worry, and then there's always the danger that she'd do it again which would complicate matters still further.'

Ramon was profoundly well-bred and a pacifist. He rose from his chair and patted his friend on the shoulder:

'Try not to let your emotions run away with you, and weigh the facts calmly. Does Elena suit you?'

'How do you mean?'

'Has she been a good wife to you?'

---

5   'Russian Roulette' *(Ruleta russa)*, first published in *Tots els contes* (Complete stories), 1968.

–Fins ara no hi ha hagut queixa.

–Doncs aprofita-la. Una cosa bona no es llença només perquè s'ha espatllat. Si un rellotge d'or i de marca se't posa a fer el boig, el duus a adobar i llestos.

L'Albert respongué que no hi havia comparació.

–Un rellotge no afecta mai l'honor...

–Que no? I tant que sí! Més d'un prestigi s'ha perdut per culpa d'horaris coixos...

Al carrer, va sentir-se una frenada forta, seguida del característic soroll de ferramenta i de vidres trencats. Sortiren tots dos al balcó, donant-se empentes per no perdre's els primers moments d'una topada, que són els millors. Comprovaren, amb decepció, que no hi havia víctimes humanes.

–No res. Llauna... –van dir.

En tornar a la taula, en Ramon reprengué el tema del matrimoni en crisi, per por que una pausa llarga no el deixatés.

–Jo, si fos de tu, parlaria amb l'Elena. Serenament, de persona a persona, fent-li veure els pros i els contres de la conducta i remarcant que, a la llarga, surt més a compte no fer l'ase. Pren-te un calmant i pensa, sobre-tot, que no ets el primer ni l'últim.

–Vols dir?

–Home! Els números canten. A vegades, un pedaç ben posat aguanta la consciència durant anys i anys.

L'Albert, que es mirava distretament un escandall, sentí de sobte la fascinació de les partides. En la feina diària, diguin el que diguin, no tot és rutina: hi ha passió en cada ofici; d'altra manera, la gent estaria ben llesta.

–Fixa-t'hi –digué de cop i volta–. L'animal d'en López s'ha tornat a deixar el tant per cent del *royalti*. Qualsevol dia tindrem un disgust.

S'ho van mirar tots dos i, sí, era veritat. En López, a vegades, duplicava conceptes i d'altres se'n saltava algun. Se l'havia de vigilar molt.

–Sort que aquí dalt no badem –comentà en Ramon, amb un lícit orgull.

La comprovació els va entretenir una estona. La Pilar va entrar i sortir en tres o quatre ocasions més. A les dotze i deu, el senyor Sants va cridar l'Albert al seu despatx, per cosa d'una factura. Poc abans de la una, una noieta de la secció d'arxiu es va desmaiar, però va passar-li de seguida.

Comptat i debatut, el matí, que sempre els semblava que havia de resultar llarguíssim, tingué la patètica brevetat de la qual ens planyem tant quan sentim la fiblada de la filosofia. A l'hora de plegar, en Ramon, per compliment, digué:

–Creu-me: parla amb l'Elena i no t'excitis. Si molt convé, no hi ha res de res.

* * * * *

'I've had no complaints up to now.'

'Then make the most of her. You don't throw away your valuables just because they're broken. If your precious gold watch starts playing up, you simply take it to be repaired.'

Albert replied that there was no comparison:

'A watch never touches on a man's honour.'

'Really? I think it does! More than one man has lost face by being late.'

In the street below there was a screeching of brakes, followed by the characteristic sounds of rending metal and shattering glass. Both men hurried out on to the balcony, jostling one another in their anxiety not to miss the first moments of the collision, which are always the best. They were disappointed to note that there were no human casualties.

'It's nothing, just a bump...' they said.

On returning to their desks Ramon resumed the subject of the rocky marriage, anxious not to let a lengthy pause lessen its impact.

'If I were you I'd talk to Elena calmly, face to face. Make her see the pros and cons of her behaviour and point out that in the long run she's better off not making a fool of herself. Take a tranquilliser and always remember that you're neither the first man nor the last.'

'Do you really mean it?'

'For goodness sake! The numbers speak for themselves! Sometimes a well-placed stitch patches up a conscience for years afterwards.'

Albert, idly flicking through a costing analysis, was suddenly conscious of the fascination of their game. Say what you will, no job is totally routine: there is excitement in every profession; otherwise people would be in a ghastly state.

'Look at this,' he said suddenly. 'That idiot Lopez has gone and left out the royalty percentage again. One of these days there's going to be trouble.'

They both looked and, yes, he was right. Lopez sometimes duplicated some items and missed out others. He had to be watched carefully.

'It's lucky that we up here have got our wits about us,' Ramon remarked with legitimate pride.

They became engrossed in their checking for a while. Pilar came and went three or four times. At ten past twelve Mr Sants called Albert into his office to discuss a bill. Just before one o'clock a young girl from the Records Office fainted, but soon revived.

All things considered, the morning, which they always feared was going to be interminable, took on that fleeting quality we so readily complain about when we're feeling philosophical. When it was time to go, Ramon said dutifully:

'Believe me, talk to Elena and don't upset yourself. You never know, it may well be a false alarm.'

* * * * *

Al metro, encara no havia arribat a l'estació de Rocafort que l'Albert ja sentí remordiments. Tot allò ho havia dit per presumir, perquè anava curt d'angoixa existencial i li feia l'efecte que un home té l'obligació de crear-se una personalitat torturada. És clar que en Ramon era de molta confiança i ells dos ja s'entenien sense necessitat de convenis escrits o verbals; era un joc cerebral, que sense escaquers o peces comprometedores damunt la taula (rigorosament prohibits a les hores de treball) els permetia d'aguantar el xàfec del tedi. Per exemple encara no feia una setmana que en Ramon li havia confessat que el gran drama de la seva vida era que, als catorze anys, havia escanyat la minyona gallega que tenien a casa seva. Als pares del Ramon, els va costar un futral de diners tapar l'escàndol. Només el certificat de defunció, cinc mil pessetes. I pagar el viatge a Amèrica d'un germà de la difunta que sabia massa coses. En Ramon, el van enviar a corre-cuita a Tona, diu que a prendre les aigüies, però tot el veïnat murmurava. Per això havia hagut d'interrompre els estudis, per això se sentia frustrat i destruït i ja no faria mai més res de bo. A l'Albert, durant aquella confidència, va tocar-li la part de receptor; en Ramon, a còpia d'acumular detalls, es va emocionar de veres. «Pit i fora –li havia dit l'Albert al final–. Déu ens guardi d'un ja està fet!» I, per reblar-ho, tingué la fortuna de recordar una sentència que potser era de l'Emerson o d'algú altre que també hi tocava molt.

De la sortida del metro a casa seva, l'Albert havia de caminar dues travessies. El venedor de les escales encara no tenia el diari de la tarda i tan sols pogué comptar amb els propis pensaments. Pobra Elena! Mira que carregar-li el mort de la infidelitat! No era correcte, li quedava un rosec. Les coses tal com siguin: l'Elena era discreta, seriosa, molt femenina i molt de casa; a més de cuinar bé, brodava al tambor, una habilitat que ja no abunda. I estava bojament enamorada d'ell, mal li estava de dir-ho. Així doncs, el ciri trencat de l'engany era una malifeta, sobretot perquè, havent-hi tants temes a tocar, no calia fer la guitza a la gent que s'estava quieta.

Ara que, pensant-hi, amb ganes de quedar tranquil d'una banda encara que es pertorbés de l'altra, l'Albert opinà que de segur del tot no en podia estar ningú. Qui ho sap! al capdavall, durant vuit hores de cada dia laborable, l'Elena duia una vida a part de la qual ell només sabia el que ella li explicava. Era cert que l'Elena sempre

Even before Albert's metro had reached Rocafort Station[6] , he was regretting his words. He had only said it to show off, because he was running short of existential angst and felt one ought to cultivate a tortured soul. Of course, Ramon was completely trustworthy and they understood one another well enough not to need written or verbal agreements. Theirs was a game of the imagination which, without compromising chess-boards or counters on the table (rigorously prohibited during working hours), enabled them to endure their tedious existence.

For example, only the week before Ramon had confessed that the greatest drama of his life had happened when, at the age of fourteen, he had strangled their Galician maid at home. Ramon's parents had spent a fortune covering up the scandal. Five thousand pesetas for the death certificate alone. Not to mention the cost of sending the dead girl's brother to America because he knew too much! Ramon was whisked away to Tona[7] , supposedly to take the waters, but rumours ran through the neighbourhood, even so. All this had interrupted his studies, leaving him frustrated and embittered, convinced that he would never make anything of his life. While this story was being confided, Albert's role was to listen. As he embroidered his tale Ramon became sincerely moved by it. 'Stiff upper lip!' Albert had said to him at the end. 'And God protect us from medicines that are worse than the malady!' and to emphasise the point he luckily remembered a quotation, possibly by Emerson[8] or someone equally erudite.

Albert had to walk two blocks from the station to his house. The newspaper-vendor on the stairs did not have the evening edition on sale yet so he was forced to fall back on his own thoughts. Poor Elena! Imagine accusing her of infidelity! He had the nagging feeling that it wasn't right. Actually, Elena was discreet, serious, very feminine and home-loving. Besides being a good cook she could do hand embroidery, a rare skill these days. And she was madly in love with him, though he said so himself. So, this impertinent accusation of deceitfulness was unjust, especially when there were so many other subjects available to them. There really was no need to slander the innocent.

But of course, thinking about it further, trying to ease his mind even though the idea worried him, Albert concluded that one could never be absolutely sure. Who could tell? After all, Elena lived a separate life for eight working hours a day, and he only knew what she told him about it. Mind you, Elena always described a very

---

6   Rocafort station: a Barcelona underground station.
7   Tona: a small town in the Montseny mountains, 56 Km northwest of Barcelona.
8   Emerson: Ralph Waldo Emerson, 1803-82, an American poet and essayist, renowned for his wise adages and a leading exponent of New England Transcendentalism.

parlava d'una jornada molt atapeïda, però vuit hores són vuit hores i enganyar no vol pas massa temps.

En entrar al pis, l'Elena el va saludar amb una mena d'aliret melodiós, que era la rúbrica musical de les seves benvingudes i li preguntà:

—A veure si endevines què t'he fet?

Era fàcil. Sempre que li preguntava allò, és que hi havia raviolis. Al principi de casats, se li escapà de dir que li agradaven molt, per fer-la contenta, i va quedar apuntat com un fanàtic de la pasta italiana.

—Raviolis! —respongué des del rebedor, amb un entusiasme d'ofici.

Quan va besar-la, tingué la sensació que aquell era el seu petó de cada dia, com el pa, necessari sense que calgui engrescar-s'hi. A la més petita badada, es podia convertir en un acte tan maquinal com el fet de marcar la tarja a l'oficina.

A taula, l'Albert (que feia rodar la roda de les seves cavil.lacions), va agafar la conversa pels cabells i digué:

—Anem a suposar que m'enganyessis. ¿Què et penses que faria?

L'Elena es va quedar amb la boca i els ulls molt oberts, amb la forquilla a mig aire, massa estupefacta i tot. No li sortí cap paraula.

—Apa, digues —insistí ell—, què et penses que faria, jo?

Ella se'l mirà fixament, com si tractés d'endevinar d'on venia i on volia anar. «Faries llàstima —pensà—. Pena, ganes de córrer...» Però mantingué un mutisme tenaç, esperant que l'altre s'espavilés tot sol.

Cremat, l'Albert (que volia coronar la dama), no volgué que per falta d'oponent es perdés l'efecte.

—T'ajudaré, au —va dir—. Tu et deus pensar que faria un disbarat, oi?

—Com vulguis, vida —digué finalment l'Elena—. Ja que va de suposició, quedem així: em penso que faries un disbarat.

—Doncs, no! —exclamà triomfalment l'Albert—. M'ho prendria amb una gran calma. «El que més convingui, nena (et diria). Si et ve de gust, vés-te'n amb aquest ximple. Des d'ara, em fas més nosa que servei.» Així, tal com sona, sense perdre els estreps. Com un senyor.

—Au, menja, que se't refredarà —va aconsellar-li l'Elena, aparentment immutable—. Després, tenim peix al forn.

L'àpat anava diferent dels altres dies i l'Albert menjava a les palpentes. «S'ha quedat tan fresca —meditava—. Això no és normal.»

Després del cafè, encara tornà a la càrrega.

—Les dones us penseu que sou el centre de la terra, i no n'hi ha per a tant. Quan una s'acaba, se n'agafa una altra i llestos.

busy day, but eight hours are eight hours and it doesn't take long to deceive someone.

As he came into the flat, Elena greeted him with the little tuneful call which was the musical rubric of their greetings, and asked him:

'Guess what's for lunch?'

It was easy. Whenever she asked him this question they were having ravioli. In the early days of their marriage, to make her happy, he had let slip that it was something he was very fond of, and was registered from then on as an Italian pasta fanatic.

'Ravioli!' he replied from the hall with dutiful enthusiasm.

As he kissed her he had the sensation that this was his daily kiss, like his bread: necessary but nothing to get excited about. The slightest oversight could turn it into an act as mechanical as that of clocking-in at the office.

Over lunch, Albert (who was still turning his doubts over in his mind) went straight to the heart of the matter and said:

'Let's suppose you were deceiving me. What do you think I'd do?'

Elena was dumbstruck, her mouth and eyes open wide, and her fork poised in mid-air. She didn't say a word.

'Come on,' he insisted, 'what do you think I'd do?'

She stared at him as though it were a question of guessing what this was all about and what he was getting at. "You'd be a sad sight," she thought, "distraught, you'd want to run away." But she held her tongue obstinately, waiting for him to answer his own question.

Albert was annoyed; he wanted to win the point, and did not want the enjoyment ruined for the lack of an opponent.

'I'll help you,' he said. 'You're probably thinking that I'd do something silly, right?'

'Whatever you say, dear,' Elena said finally. 'Since this is a question of supposition, let's say that I think you'd do something silly.'

'Well I wouldn't!' exclaimed Albert in triumph. 'I'd take it all very calmly. "Whatever you want, dear," I'd say. "If you like that idiot, go off with him. From now on you're more of a liability than an asset to me." Just that, without losing my cool. Like a gentleman.'

'Oh, eat up before it gets cold,' counselled Elena, seemingly unperturbed. 'There's baked fish after.'

The meal progressed differently from other days and Albert ate his food without noticing what it was. "She's so calm," he thought. "It's not natural."

After their coffee he pursued the matter again.

'Women think they're the centre of the universe, but it's not true. When you've finished with one woman, you just grab another; it's as simple as that.'

–Sí, vida. Apa, que faràs tard al despatx.

Al peu de la porta, l'Albert (més que res per ganes de tranquil.litzar-se), digué:

–Ja sé que ets incapaç d'enganyar-me, nena. Encara que volguessis!

–Sí, home, sí... Ara no vagis esverat, i vigila els cotxes.

* * * * *

Tot caminant cap a l'estació del metro, l'Albert rumiava que seria bona que, en passar els dits per joc damunt una carn imaginària, els hagués enfonsat de sobte en una ferida desconeguda. Perquè l'actitud de l'Elena no responia als seus càlculs. Primera: la insinuació d'una ofensa l'havia deixada impertèrrita. Segona: el cop verbal d'abandonar-la sense lluita rebotà en ella com si no l'hagués tocada i, en canvi, el retop encara el feia trontollar a ell.

«És que els homes som molt cèlebres –es deia–. Carregats de suficiència i babaus. Sempre ens fa l'efecte que les coses que passen només poden passar als altres.»

I l'Albert, que segons ell es coneixia a fons, no era pas un bromista de l'honor. «Ja ho crec que faria un disbarat! –pensava–. Els deixaria de pedra!» El plural, aquells *dos* formats per l'Elena i una ombra que no era ell, li va produir esgarrifances. Era de debò que passava una bona temporada i una complicació de tanta envergadura li esbotzaria un present ple de somriures.

Al despatx, en Ramon va moure la primera peça de la tarda:

–Saps aquella sueca que et vaig dir? ¿Aquella tan imponent? Doncs, se'm vol emportar a totes passades. Diu que m'instal.larà com un rei als afores d'Estocolm i que no em deixarà tocar de peus a la neu. Però he sabut que és una sàdica perillosa...

–Treballa i calla –l'interrompé secament l'Albert–. Avui no estic de filis.

* * * * *

En realitat, no era cert que l'Elena s'hagués quedat tan fresca. Ben al contrari, estava picada per dos o tres motius. La disgustava que l'Albert pressuposés que el seu hipotètic amant hagués d'ésser, precisament, un ximple. I, sobretot, va trobar irritant aquell «Encara que volguessis!» Que no? Al capdavall tenia les mateixes armes que les altres, i si les havia convertides en escopetes de saló, només per a l'Albert, era cosa d'agrair més que no pas de menysprear.

Inicià la feina de la casa que li agradava menys: omplí l'aigüera d'aigua calenta, va escampar-hi detergent i amb lentitud, amb el cap lluny d'allí, hi posà els plats, els vasos i els coberts. Tenia la mirada perduda. De cop i volta, es va eixugar les mans

Yes darling. Now hurry up or you'll be late back at the office.'

On the doorstep (more because he needed reassurance than anything else) Albert said:

'It's alright, I know you couldn't deceive me, dear, even if you wanted to!'

'Yes, yes of course... Take care, and look out for the cars.'

* * * * *

Walking back to the metro Albert concluded that it would be a fine thing if, while probing an imaginary body just for fun, his fingers had suddenly sunk into an unimagined wound. He was puzzled by Elena's reaction. In the first place, his speculation about her offence had left her quite unperturbed. Secondly, his punchline about leaving her without a fight had glanced off as though she were impervious, while he, on the other hand, was still reeling from the blow.

"We men are the limit,' he said to himself. 'So self-confident and naive. We always imagine that disasters only happen to other people."

And Albert, who reckoned he knew himself intimately, was not one to make jokes about honour. "You bet I'd do something silly!" he thought. "They'd be devastated!" The plural *they*, formed by Elena and a shadowy figure who was someone other than himself, made him shudder. In truth he had been enjoying life and a complication of this magnitude would shatter his present happy existence.

Back in the office, Ramon moved the first piece of the afternoon's game.

'You know that Swedish girl I told you about? The real stunner? Well, she wants to take me away with her forever. She says she'll install me like a king in the Stockholm suburbs and my feet will never touch the snow. But I've discovered she's actually a dangerous sadist...'

'Be quiet and get on with your work,' Albert interrupted dryly. 'I'm not in the mood today.'

* * * * *

Elena had not in fact taken it all so calmly. On the contrary, she had several reasons to feel picqued. She was annoyed that Albert presumed that her hypothetical lover would necessarily be an idiot, and she was particularly irritated by the "Even if you wanted to!" Why not? After all, she had the same weapons as any other woman, and if these had been converted into ornamental pistols, just for Albert, that was something to be grateful for rather than despised.

She started on the housework she least enjoyed: she filled the sink with hot water, squirted in the detergent and slowly, with her thoughts elsewhere, submerged the plates, glasses and cutlery. She had a faraway look in her eyes. Impulsively, she

i d'esma, sense el guiatge d'un propòsit conscient, se'n va anar al dormitori i s'assegué davant el tocador. Es va contemplar llargament al mirall. «Que n'ets d'infeliç, Albert –remugava–. Si volgués, rai! La culpa és meva... És clar, l'esclava blanca, l'escarràs, una noia per a tot. Sempre a punt al servei de l'amo i senyor que, al final, troba que només puc aspirar a l'admiració d'un ximple.»

A còpia de fixar-s'hi, es descobrí una minúscula arruga a la comissura de les parpelles, i el cor li va fer un salt. «Veus? T'has anat abandonant, et pansiràs com una mòmia tot cuinant-li requisits.» Es va posar a maquillar-se, nerviosament de primer, fins que es calmà a poc a poc i l'absorbí l'apassionant ocupació. Feia, desfeia i tornava a refer; coneixia el límit convingut entre ella i l'Albert, la part que es podia confiar a la cosmètica sense despertar murmuracions. Però aleshores va passar la ratlla deliberadament i es pintà d'una manera extremada. Un resultat sorprenent! «Tampoc no sóc manca, eh? I això sense comptar la figura.»

Va aixecar-se i caminà per l'habitació, fent puntetes com si portés talons alts, i ondulava el cos, girant el cap per no perdre el camp visual del mirall. Li vingué un nou desfici: obrí l'armari i es va emprovar vestits. Mentrestant, a fora, la tarda transcorria com tothom sap, subjecta a l'obligació d'empaitar el vespre.

L'Elena es va posar una brusa que l'Albert li prohibia, perquè era massa escotada, i unes faldilles amb les quals l'Albert no la deixava sortir, perquè eren massa cenyides. I es calçà amb les sabates de taló més alt que tenia, potser de poca moda, però bones per a fer més suggestiu el perfil posterior de la persona. «I ara què? –deia l'Elena parlant mentalment amb l'Albert–. ¿Encara et sents tan aplomat i segur?»

Del carrer, vingué un subtil canvi de sorolls, d'aquests que indiquen el pas d'una etapa a l'altra sense necessitat de rellotges.

–Òndia. El sopar! –exclamà l'Elena.

El pa, l'oli, la farina ...Atabalada, va agafar el portamonedes i una bossa. La va sobresaltar la presència de l'hora foscant i caminà apressada.

En veure-la entrar, en Casimir (el dependent de l'adroguer) digué:

–Alça! Avui anem de fer patir...

I l'amo, que ja era gran i havia perdut una bona part de la il.lusió, es va veure obligat, de tota manera, a reviure un dels pinyols de la seva joventut.

–Què vol, la meva reina? –preguntà.

Però aquells eren realment un parell de ximples. No valien. Ara, des de ca l'adroguer al forn (una travessia) va seguir-la un jove elegant, molt ben vestit, i, de retorn, un *Alpine* últim model, amb dos xicots visiblement de casa bona, alentí la

suddenly dried her hands and, without knowing clearly what she was doing, went into the bedroom and sat down at the dressing table. She examined herself in the mirror for a long time.

"Albert, you're pathetic," she thought. "You bet I could if I wanted to! Of course it's my own fault... the white slave, the drudge, a maid always ready to do his bidding, always at the beck and call of her lord and master – who finally announces that she can only aspire to the admiration of an idiot."

Looking closely, she discovered an almost imperceptible wrinkle at the corner of her eyelid and her heart leapt. "See? You've been letting yourself go, you'll shrivel up like a mummy, cooking his delicacies." She began applying make-up, nervously at first, but gradually calming down as she became absorbed in the excitement of the operation. She put make-up on, took it off and put it on again, knowing the limits agreed between herself and Albert, and how far she could go with cosmetics without arousing comment. But now she deliberately went further and painted her face boldly. She was quite surprised at the result! "Not bad, eh? And then there's my figure."

She stood up and walked around the room on tiptoe, her body swaying as though she were in high-heels, turning her head in order not to lose sight of the mirror. She was struck by a new idea: she opened the wardrobe and began trying on dresses. Meanwhile, the afternoon was slipping by outside obeying its instinct to hunt out the evening, as we all know it must.

Elena put on a blouse which Albert forbade her to wear because it was too low-cut, and a skirt which Albert did not allow outside the house because it was too tight. She also put on her highest-heeled shoes; perhaps they were a little outdated, but they accentuated one's posterior. "So, what d'you think of this?" said Elena, talking mentally to Albert. "Are you still so sure of yourself now?"

A subtle change in the sounds emanating from the street marked the passing of one phase of the day into another, without any need for clocks.

'Heavens, dinner!' exclaimed Elena.

Bread. Oil. Flour. In confusion she grabbed her purse and a bag. She was startled to see how dark it had become and hurried down the street.

Casimir, the grocer's assistant, saw her come in and said:

'Oh my, we're out to break some hearts today...'

And even the owner, who was old and had lost most of his illusions, felt inspired to dig out a compliment from his youth. 'What can I get you, gorgeous?' he asked.

But these two were only a couple of fools. They didn't count. However, on the way from the grocer's to the bakers (one block), she was followed by a well-dressed, elegant young man; and on the way back two obviously affluent youths, in one of the latest model *Alpines*, slowed down. They drew in to the curb (almost knocking

marxa. Arrambaren el cotxe a la vorera (van estar a punt de tombar una *Vespa* estacionada) i van dir-li coses fines, molt agradables d'escoltar. I allò sí que valia.

* * * * *

L'Albert va plegar d'una batzegada, plantant en Ramon, que tot just començava a endreçar la taula. Faltaven cinc minuts per a les set i ni tan sols no va tenir l'atenció que caigués l'hora: el rellotge encara marcava de vermell.

Al xamfrà, un taxi va aturar-se davant d'ell, que de poc que no hi topa; va baixar una senyora amb dues nenes, una de les quals –qui sap per què– es volia quedar a dins i van haver-la d'estirar amb energia. Sortí d'un vol. La porta oberta era una temptació i l'Albert pensà que quan un taxi cau del cel, no té perdó qui se'l deixa perdre. Va apartar la senyora (que s'havia quedat palplantada, comptant i recomptant el canvi) i entrà al vehicle com si l'empaitessin. Donà l'adreça al xofer, i, maquinalment, es va palpar la butxaca. No fos cas que...

Tot fent via, es va lliurar a unes reflexions il.lustrades amb imatges mentals acolorides. Entre ell i en Ramon hi havia sempre a punt un revòlver invisible («Potser damasquinat i tot, ja ho veus!»); en el cilindre hi havia cinc cambres amb bales de salva de converses corrents però carregaven la sisena amb temes arriscats, sense aturador ni límits, on la fantasia frenada pels escandalls tenia el dret d'esbargir-se. Ara l'un, ara l'altre, feien girar el cilindre a cegues i disparaven apuntant-se al front; si sortia la conversa corrent, era una qüestió de sort: tant podia donar de si com fondre's de seguida, i aleshores recomençaven. Era increïble les vegades que, de sol a sol, sonava el tret de la pura invenció, o de la confidència íntima esllavissada entre creacions de l'esperit. Això no se sabia mai, perquè el reglament era molt sever: qualsevol cosa que fos, calia acceptar-la com a article de fe. I el cas era que les regles no havien estat escrites per ningú, ni tan sols no n'havien parlat. Es tractava d'un d'aquests bells acords tàcits que neixen d'una llarga convivència.

Ara, portar la ruleta russa a casa i complicar-hi l'Elena era deslleial. Ganes de buscar-se-la!

–Ja hi som –digué el taxista, tot abaixant la bandera.

over a parked *Vespa*[9]) and said fine things to her which were flattering to hear. And this did count.

* * * * *

Albert stopped work abruptly, leaving Ramon only just beginning to clear his desk. It was five to seven and he had lost track of the time: the office clock still showed red[10].

On the corner a taxi stopped in front of Albert, almost knocking him down. A lady and a little girl got out. A second girl – for some unknown reason – wanted to stay inside and had to be extracted by force. She finally came flying out. The open taxi door was a temptation and Albert felt that when a taxi falls from heaven it is a crime to let it go. Pushing the lady to one side (she had remained rooted to the spot counting and recounting her change) he leapt into the vehicle as though being chased. He gave the driver his address and mechanically prodded around the seat.You never know...

On the way his various thoughts became full-colour pictures in his mind. Between himself and Ramon there was always an invisible revolver at the ready ("It may even be inlaid."); five of the chambers contained the blank shots of mundane conversation, but they loaded the sixth with risky themes, with no holds barred, where a man's fantasy, normally repressed by costing analyses, had the chance to break free. First one, then the other spun the cylinder blindly and fired, pointing at his forehead; if an everyday topic came out it was then a question of luck whether it developed or died immediately, and they began again. It was incredible the number of times between sunrise and sunset that the live round was in the chamber, either as a piece of pure invention or one of those intimate confidences slipped in between creations of wishful thinking. One could never tell which it was because the rules were very strict: whatever the subject matter, it had to be accepted as an article of faith. In fact the rules had never been written down by either of them, indeed, they had not even been mentioned. It was one of those perfect tacit agreements that grow out of prolonged co-existence.

However, taking the Russian Roulette home and involving Elena was unfair. It was simply looking for trouble!

'Here we are,' said the taxi-driver, stopping the meter.

---

9   Vespa: a motorscooter still in common use throughout Spain.
10   Spanish office hours are from 9 to 2 and from around 4 pm to 7 or even later. This permits time for the large midday meal, either at home as in Albert's case, or in a local restaurant. Spanish office hours are now altering in light of Spain's recent admission to the European Community.

Estava tan absort que ni se n'havia adonat. Entrà sense saludar la portera –cosa que pagaria car– i pujà els graons de tres en tres. El pis a les fosques va desbocar-li el cor. Va anar d'una peça a l'altra encenent tots els llums. A la cuina hi havia tota la platerada a l'aigüera i a la cambra un revoltim de vestits, però de l'Elena ni rastre. Es va mirar el rellotge i comprovà que havia arribat vint minuts abans de l'hora acostumada. Dubtà entre passar ànsia o escamnar-se i es decidí per això darrer: vet aquí que un dia que es presentava impensadament, l'Elena no hi era. I si fos sempre així? ¿I si acabés de caure de l'escambell i aquella solitud del pis fos l'esquenada memorable?

Mentre feia giravoltar els pensaments, sentí que forfollaven el pany i va entrar l'Elena, sufocada per les presses, respirant amb agitació. Se la va mirar i es quedà glaçat: les pestanyes postisses, la veladura blava als ulls i la ratlla negra que els engrandia, la brusa escotada i les faldilles cenyides...

–I ara! Què hi fas aquí, tan aviat? –digué ella.

L'Albert s'imaginà aquest tan *aviat* de lletra cursiva, o entre cometes, o realçat d'alguna manera que li donava una significació catastròfica. Ni tan sols no va respondre, perquè estava travat de llengua; es consolà pensant que callava perquè el que hauria de dir era massa gros.

–Seu al menjador i llegeix una mica –afegí l'Elena–, mentre preparo el sopar.

L'endreçava. Qui sap el temps que el devia tenir així, amansint-lo i acariciant-li una crinera simbòlica.

Es va asseure al balancí i es gronxà lentament. «Algú tira cada dia una moneda a la ranura i la figura de pasta de l'Albert, inexpressiva i rígida, s'engega i fa el seu número mecànic: de casa al metro, del metro a l'oficina, de l'oficina al metro, del metro a casa... Mentrestant, es veu que l'Elena ha trobat el sistema de sortir de la màquina i es diverteix amb altres atraccions.» Era un negre pensament, i, esfondrat al balancí, mormolà: «Albert, Albert! Que n'ets de totxo!»

A la cuina, l'Elena es moria de ràbia. «Se n'han adonat el Casimir i els xicots de l'Alpine. I ell, res, com un estaquirot. Ja m'ho deia la mare que els homes s'embafen! Ai, Elena, que el perdràs per haver-li donat massa audiència!»

Sota aquell clima anímic, el sopar transcorregué tristament i amb poca gana. De sobte, s'havia trencat un diminut cargol que semblava que no hi fos i l'engranatge ja no funcionava com abans. Allò fou el començament d'una etapa de punxades mútues. L'Albert es distingí en l'art de matar a pessics.

* * * * *

Albert had been so absorbed he had not noticed where they were. He went indoors without greeting the Porter's wife – something he would pay dearly later – and leapt up the stairs three at a time. The darkened flat set his heart racing. He went from one room to another switching on the lights. In the kitchen he found all the washing-up piled in the sink, and in the bedroom a jumble of dresses, but of Elena, no trace. He looked at his watch and realised that he had arrived home some twenty minutes earlier than usual. He hesitated between worry and suspicion, and decided on the latter. On the one day he turned up unexpectedly, Elena was not there. Was it always like this? Had his ignorance just fallen away with this empty flat symbolizing the memorable crash?

His thoughts in turmoil, Albert heard the rattle of the lock and Elena came in, suffocated by her hurry, breathing agitatedly. He looked at her in horror: false eyelashes, blue eyeshadow the black line that accentuated her eyes, the low-cut blouse and tight skirt...

'What on earth are you doing home so early?' she said.

Albert imagined the phrase *so early* written in italics, or between quotation marks, or highlighted in some way to give it an earth-shattering significance. He could not even bring himself to reply because he was struck dumb; he consoled himself with the thought that he kept silent because what he had to say was too momentous for words.

'Sit down in the dining room and read for a bit,' added Elena, 'while I prepare dinner.'

She was organizing him. Who knows for how long she had been doing this, taming him, and caressing his symbolic mane.

He sat down in the rocking chair and rocked gently. "Every day someone puts a coin in the slot and Albert the puppet, inexpressive and rigid, starts up and carries out his mechanical function: from home to the metro, from the metro to the office, from the office to the metro, from the metro home... Meanwhile, it seems that Elena has found a means of escape from the machine and enjoys herself with other attractions." Sunk in his rocking chair this was a black thought and he murmured, "Albert, Albert, you half-wit!"

In the kitchen, Elena was in a terrible rage. "Casimir and the boys in the Alpine noticed, but not her husband. He's an idiot. My mother always warned me that men get bored with everything! Oh, Elena, you're going to lose him because you paid him too much attention!'

In this unhappy atmosphere, dinner was a sorry affair without much appetite. A tiny cog no one had ever noticed had suddenly broken and the gears did not mesh as before. This marked the beginning of a phase of mutual antagonism in which Albert distinguished himself in the art of killing by degrees.

* * * * *

L'endemà d'aquell dia, al despatx, en Ramon va notar el canvi. Caut, va esperar-se una estona per veure si l'altre s'arrencava, però a les deu i cinc no pogué i va disparar primer:

–Aquell sabre que et vaig explicar, que tinc penjat a casa, es veu que va pertànyer de debò al general Cabrera. Ahir al vespre em van venir a veure dos homes. Em van fer mal efecte. Duien ulleres negres, boines molt enfonsades, i el coll de l'americana alçat. D'entrada, em van dir: «Vostè té un sabre vell. Li'n donem cinquanta mil pessetes.» Jo, és clar, vaig posar-me en guàrdia. «Setanta-cinc mil», que els dic, provant la sonda. I ells que em responen: «Cinquanta mil o res. De tota manera, el perdrà.» Com que parlaven amb una veu ronca i els vaig veure amenaçadors, jo que salto de costat i agafo d'una revolada un paraigua del paraigüer...

L'Albert va donar un cop fort a la taula, amb la mà plana.

–Jo plego! –digué–. S'ha acabat la ruleta russa.

Mai no havien parlat de joc, i encara menys del nom que tenia.

–Quina ruleta, tu? –preguntà en Ramon, segur que l'altre volia robar-li l'escena.

L'Albert va assenyalar un lloc en el buit, on fumejava el revòlver imaginari.

Això és perillós. Ens hi podem fer molt de mal.

A en Ramon se li va ocórrer que el cas de l'Elena devia anar de debò i que l'Albert s'havia trasbalsat. Va aixecar-se de la cadira, es col.locà al costat del company i va donar-li cops amistosos a l'esquena.

–No t'espantis, home que tot s'arreglarà. I amb mi pots comptar-hi sempre: tu digues i jo segueixo. De què vols que parlem?

–Què sé jo! De moment, podríem tapar el forat amb les crisis periòdiques de l'economia occidental.

En Ramon va fer un esforç per il.lusionar-s'hi, però no pogué. Estaven acostumats que els temes saltaven com una llebre i allò de parar-ne un de vist i adornarlo amb les gales del diàleg li venia de nou. Però quan calia solidaritat, formava com el primer.

–D'acord. En parlarem –va dir.

De tota manera, provà de deixar una porta oberta:

The following day in the office Ramon noticed the change. Cautiously, he waited a while to see if the other started first, but at five past ten he could not bear it any longer and fired the first shot:

'You remember that sabre I told you about, the one I have hanging on the wall at home? It turns out that it really did belong to General Cabrera[11] . Yesterday evening two men came round to visit me. They gave me the creeps. They were wearing dark glasses, berets pulled right down, and had their coat collars up. First of all they said to me: "You own an old sabre. We'll give you fifty thousand pesetas for it." I, of course, was put on my guard. "Seventy thousand," I told them, to sound them out. To which they replied: "Fifty thousand or nothing. You're going to be relieved of it in any case." They spoke in husky voices and seemed to be threatening me, so I jumped to one side, grabbed an umbrella off the stand...'

Albert hit the table hard with the flat of his hand.

'I give up!' he said. 'The Russian Roulette is finished.'

They had never mentioned the game, let alone by its name.

'Which roulette was that?' asked Ramon, convinced the other was trying to rob him of his scene.

Albert pointed to an empty space, where the imaginary revolver was smoking.

'This is dangerous. We could do ourselves a lot of harm.'

It occurred to Ramon that the story about Elena must be true and that Albert was upset. He got up from his chair, stood beside his colleague and patted him solicitously on the back.

'Don't be upset, old chap, it'll all work out in the end. You can always count on me; just say the word and I'll follow your lead. What would you like us to talk about?'

'How do I know? For the moment we could fill the gap by talking about the periodic crises in the western economy.'

Ramon made an effort to look enthusiastic, but failed. They were used to the subjects jumping out like hares, and this idea of stopping to adorn one with displays of dialogue was new to him. But when solidarity was needed, he cooperated with the best of them.

'OK. We'll discuss that,' he said.

He tried, nevertheless, to leave a door open to them:

---

11 General Cabrera: Ramón Cabrera y Griñó, 1806-77, an influential Spanish Carlist General. He supported the claim to the throne of Ferdinand VII's brother, Don Carlos, against Ferdinand's daughter, Queen Isabella II. Cabrera was a leading insurgent who dominated the Carlist bands in Catalonia after the death of Ferdinand in 1833. He won several notable victories including Morella (1838).

–I també parlarem una mica de la Pilar, oi?

–També.

Canviar d'habitud es diu de pressa, però costa. La conversa és molt sényora, i a vegades s'ajup esquerpament sota una tema i només bota si es toquen les tecles que vénen de gust. Els dos amics callaven i el so d'una màquina d'escriure propera els omplia la fosca volta del crani. S'adonaren de sobte de coses que veien cada dia sense mirar-les mai: el despatx necessitava una capa de pintura, tenien mala llum sobre la taula, el calendari de L'Aguila Mutual era més lleig que el de l'any passat.

En Ramon estava inquiet. «M'ha ben lluït amb això de la ruleta russa! –pensava–. Ara que ho sé, tinc més ganes que mai de disparar...»

Talment veia l'arma, damunt la pila d'albarans d'una firma de Girona. Hi allargava la mà a poc a poc, amb uns dits vibràtils que no se sabia si timbalejaven la llisa superfície del vidre o si es movien per desentumir els artells. L'Albert l'anava a aturar amb una ullada dura, però va fallar-li; també tenia el desig d'olorar la pólvora metafísica. Va deixar que l'altre fes rodar el barrilet i va cloure les parpelles en el moment del tret.

–Aquest estiu –digué en Ramon–, aniré a Florència fent auto-stop. Segons com, m'arribaré a Roma perquè el Papa em beneeixi...

–Res no faràs! –el va interrompre bruscament l'Albert.

No era el tracte, però l'Albert acabava d'enfilar un pensament i li calia concentrar-s'hi. Abans, els primers temps de casats, l'Elena li telefonava cada dia, un moment o altre; de quatre monosíl.labs, en treien l'íntima confirmació d'una seguretat domèstica. Després, sense dir-s'ho, ho van trobar innecessari. «Però ara sí –meditava l'Albert–. Si m'estimés de debò, em trucaria. Sap que m'amoïna un dubte de mida gran.»

–Per què mires el telèfon? –va preguntar-li en Ramon.

No respongué, i va concentrar-se més. El pensament s'emportava la mirada per fosques canonades, plenes de fils de colors: un feix de nervis sortia de l'aparell telefònic i es clavava a terra, zigzaguejava sota l'asfalt i s'estenia a través de centraletes metàl.liques, fins a arribar al celobert de casa, i d'allí a casa mateix, on hi havia la veu de l'Elena que podia eriçar tot el sistema només girant un disc. L'Albert es deixava conduir per percepcions anímiques mal explicades, però molt obligadores. Si l'Elena no li telefonava, senyal que tot era perdut i els pressentiments execrables prendrien evidència: vet aquí un altre matrimoni amb l'arena movedissa fins al coll. En canvi, si ella marcava els números màgics, senyal que l'alarma provocada per la ruleta russa era pura imaginació. Ho veia tan clar, que

'And we'll also talk a bit about Pilar, won't we?'

'OK.'

Changing one's habits is soon said but hard to achieve. Conversation is a headstrong lady who sometimes crouches elusively under a subject and only springs out if she likes the tune being played. The two friends were silent and the sound of a nearby typewriter filled the darker recesses of their minds. They suddenly became aware of things they saw every day without ever looking at them: the office needed a new coat of paint, they had too dim a light over their desk, the Aguila Mutual[12] calendar was uglier than last year's effort.

Ramon was uneasy. "A fine mess I've got into with that Russian Roulette!" he thought. "Now that I know what it is I'm even more keen to fire..."

He could almost see the weapon, lying on a pile of receipts from a firm in Gerona. He stretched out his hand little by little, fingers tingling, not sure whether they were drumming over the smooth surface of the glass or just moving about to restore the feeling in his joints. Albert was about to stop him with a hard look, but didn't; he, too, wanted to smell the metaphysical gunpowder. He let Ramon spin the chamber and closed his eyes at the moment of gunfire.

'This summer,' said Ramon, 'I'm going to hitch-hike to Florence. I'll try to get all the way to Rome to receive the Pope's blessing...'

'You're doing no such thing!' Albert brusquely interrupted.

This wasn't allowed, but Albert had something on his mind and needed to concentrate. Before, in their early days of marriage, Elena used to telephone him everyday at some point; with four quick words both had derived the intimate confirmation of their domestic security. Later, without saying anything, they had found it unnecessary. "But now I need it," thought Albert. "If she really loved me she'd ring me. She knows I've got this enormous weight on my mind."

'Why are you looking at the telephone?' asked Ramon.

He did not answer and concentrated even harder. His mind transmitted his message off along dark cables full of coloured lines: a bundle of nerves exited from the telephone apparatus and plunged into the ground, zig-zagging under the asphalt and weaving their way through metallic switchboards until they surfaced into the open air at home, and then to his actual house where Elena's voice was to be found, and she could set the whole system in motion just by turning a dial. Albert let himself be led on by an obscure but very compelling reasoning. If Elena did not phone him, it was the signal that all was lost and his horrible forebodings would be realised: for here was yet another marriage up to its neck in quicksand. However, if she dialled the magic numbers it was the signal that the alarm provoked by the Russian Roulette was pure imagination. He saw it all so clearly that he undertook

---

12   Aguila Mutual: an insurance company.

en aquell moment va comprometre tot el seu futur amb la compra d'unes estranyes accions de la Companyia telefònica.

El timbre del telèfon els va fer saltar el cor, i ell i el Ramon allargaren el braç alhora, però l'Albert, més amatent, caça l'auricular.

I sí: per sort, era l'Elena.

CINQUENA COUMNA, per Kalders
—Que hi ha la senyora Milagros?
—No és mai a casa. Amb això de l'ofensiva no s'entén de feina.

3. *Meridià*, No. 51 (December 1938), p. 8

there and then to stake his whole future on the purchase of some dubious shares in the telephone company.

The telephone's ring made their hearts leap, and he and Ramon both stretched out their arms simultaneously, but Albert was the quicker and grabbed the receiver.

And yes: fortunately it was Elena.

4. DEMÀ, A LES TRES DE LA MATINADA

Estava vençut pel somieig de l'alba, quan va despertar-me el timbre del telèfon. La veu de la meva cosina Trinitat, alterada, permetent que les paraules s'atropellessin una mica tractant de guanyar llocs al pensament, m'arribava amb una estridència desagradable:

–És demà! Demà, a les tres de la matinada!

–Però ¿no has fet la gestió que et vaig aconsellar perquè les autoritats li ho prohibeixin?

–No han volgut intervenir, al.legant que encara no hi ha res escrit ni legislat que els permeti procedir amb l'energia requerida per a un cas així...

–I el pare d'ell?

–Ja el coneixes, el pare de l'Octavi. Em guardaré molt de dir que sigui un infeliç, però és influenciable i ha acabat per engrescar-se amb el projecte. «El meu fill arribarà més alt que ningú!», va dient. I amb això ja en té prou per a inhibir-se.

–Doncs no sé pas què hi podem fer nosaltres...

–Jo sí. Confio en tu, l'Octavi sempre t'ha escoltat. ¿Per què no aprofites la festa i véns a passar el dia a casa?

S'entén que aquest diàleg està arreglat per ferlo comprensible, estalviant als altres l'esforç que a mi em fou indispensable. Els sanglots trencaren, tant o més que l'excitació, el fil de la conversa.

No em podia negar a la petició de la meva cosina, ja que havíem pujat amb un afecte de germans. A més l'Octavi, el seu marit, fou condeixeble meu, circumstància que donà origen a una sòlida amistat, que naturalment va refredar-se una mica quan el xicot va entrar a la família, però sense trencar-se mai del tot. No: l'Octavi i jo seguírem guardant-nos una gran deferència i estàvem sempre disposats a escoltar-nos mútuament.

El matrimoni vivia als afores, en una casa voltada de jardí, a mitja falda d'un puig des del qual veia la ciutat, ajocada en el mar. Un tramvia petit, grinyolador, que anava prenent l'aire nostàlgic i una mica romàntic de les coses a punt de desaparèixer, cobria la línia que duia del centre al barri dels meus cosins; avançava amb lentitud, s'aturava a cada cantonada per prendre o deixar un passatger pulcre, net, que suportava amb dignitat les estretors de la classe mitjana.

4. TOMORROW AT THREE IN THE MORNING[13]

The telephone awoke me from the depths of early morning sleep. My cousin Trinity sounded hysterical and disagreeably shrill as the words tumbled out, faster than I could take them in.

'It'll be tomorrow! Tomorrow at three in the morning!'

'But didn't you take my advice and make the authorities stop him?'

'They refused to get involved and said they couldn't find anything in the rule book permitting them to take the kind of action needed in a case like this...'

'What about his father?'

'Oh, you know Octavius' father. I wouldn't like to say he's simple, but he's been brainwashed and has ended up completely sold on the project. "My son will achieve unequalled heights!" he keeps saying, and that's just the beginning.'

'Well, in that case I really don't see what more we can do.'

'I do. I'm relying on you. Octavius has always listened to you. Why don't you come over and spend the day with us, as it's Sunday?'

Readers will realise that this dialogue has been reorganized to make it comprehensible, thus saving them the effort it cost me to follow the line of the argument, which was frequently interrupted by my cousin's sobbing and evident anxiety.

I couldn't refuse her request, especially since we had grown up together and were as close as brother and sister. And, in any case, her husband Octavius and I had been at school together and had been good friends until, of course, the relationship was strained somewhat by his becoming a member of the family. Even so, our friendship had never broken down completely and we still listened to one another with some mutual respect.

The family lived out in the suburbs, in a house set in a large garden, half way up a hill which commanded a fine view of the city, nestling next to the sea. A tiny creaking tramcar covered the route from the city centre to their district. It had that romantic, nostalgic air often evoked by near-extinct things as it trundled slowly along its route, stopping at every street-corner to pick up or let down a neat, well-dressed passenger who bore with dignity the straightened circumstances of the middle classes.

13　Tomorrow at Three in the Morning' *(Demà, a les tres de la matinada)*, first published in the collection of the same name in 1959.

Pel camí, no em treia del cap la vocació de l'Octavi. Aquestes passions sempre cremen, però en el seu cas es podia fer molt mal, desgraciar-se per la resta de la vida o desaparèixer del tot, trasbalsadora contingència. La Trinitat tenia raó d'amoïnar-se i de témer pel futur d'ella i dels dos petits.

Des de la fi del trajecte fins a la casa dels meus parents s'havia de recórrer a peu poc menys d'un quilòmetre. Feia un dia clar, assolellat, d'un cel blau-cobalt que retallava amb precisió els colors vius dels estels que els aficionats mantenien en vol. Les llargues cues de llaços de paper zig-zaguejaven amb una calma voluptuosa, com si tinguessin consciència de la bellesa de flotar. «I l'Octavi –pensava jo– provocant l'envestida del destí!»

La gent es gronxava damunt la gespa, en balancins vuitcentistes que grinyolaven seguint vells compassos sense excedir-se en el ritme. La calima d'un foc encès trencava el perfil d'una finestra, de la qual procedia una olor matinal de cafè i de xocolata, de pa calent que obria una gana plena de records.

De lluny, la Trinitat va fer-me senyal amb el braç. M'esperava estintolada en el cancell i féu un esforç per somriure'm. Però l'angoixa, potser llargues hores nocturnes sense dormir, havien marcat el seu rostre, que no cedia ja a les expressions amables.

–I doncs?

–Està ben decidit. Sobretot, no l'excitis. I dissimula davant dels nens!

Darrera la casa, a la part posterior del jardí, s'alçava una construcció de fusta, un conjunt complicat de bastides i tirants, dins el qual brillava un cos metàl.lic. D'un dels costats, sortia una prima columna de fum blanc.

–Entra, entra, que esmorzaràs amb nosaltres... –digué la meva cosina, cridant perquè la sentissin els altres, més que no pas jo mateix.

El menjador mostrava un desordre decorós, ja que l'amuntegament d'objectes heterogenis no es veia ocasionat per la deixadesa, sinó pel propòsit de servir una finalitat concreta, un succés que donava a tota la llar l'aire confús d'una sala d'equipatges. Vaig contemplar embadalit una fotografia, molt bona, de la Regió del Golf de la Rosada, amb els dos circs profunds de Mairan i Harpalans i la immensa planura que s'estén per la part oriental dels mars. L'ampliació, protegida amb un vidre i un marc, penjava a la paret de la dreta, damunt el trinxant, on hi havia un compàs d'escales i un transportador, amb altres instruments el nom dels quals és poc familiar.

Un sobresalt trencà la meva abstracció. El so d'una arma automàtica, probablement una metralladora portàtil, m'obligà, a girar-me amb rapidesa i em vaig encarar amb l'Andreu, el nen gran del matrimoni, que duia l'uniforme dels exploradors de l'espai. A través d'una obertura horitzontal, li brillaven els ulls amb una resoluda mirada de maldat.

During the ride I pondered over Octavius' vocation. Passions of this kind always run deep but he really was in danger of doing himself a serious injury, ruining his chances in life, or disappearing altogether. This last possibility was particularly appalling. Trinity was right to be upset and worried for her own future and for their two children.

My relations' house was about half a mile's walk from the tram stop. It was a clear, sunny day and people were flying kites against a cobalt-blue sky, their paper tails rippling gently, as though aware of how beautiful it was to float through the air. 'And there's Octavius, tempting the wrath of the gods!' I thought.

People on the grass relaxed in eighteenth-century rocking chairs which creaked out their ancient tunes, in time with a communal rhythm. The homely scene of a fire lit in an open hearth was visible through a window, from which there emanated morning smells of coffee, hot chocolate and freshly baked bread which triggered a hunger laden with memories.

While I was still some way off Trinity waved to me. She waited, leaning in the doorway and making an effort to smile. But the worry, and perhaps the long, sleepless nights, had left their mark and her face now refused to soften.

'Any news?'

'He's absolutely determined. Whatever you do, don't excite him, and try to keep up appearances in front of the children!'

Behind the house, at the end of the garden, stood a complicated wooden scaffolding, a convoluted amalgam of joists and stays, within which there shone a metallic cylinder. A thin column of white smoke drifted out of one side.

Come in. Come in and have some coffee,' exclaimed my cousin, more for other people's benefit than my own.

The dining room was in a decorous mess with disparate objects piled up, not untidily, but apparently in preparation for some definite purpose. The whole house had the confused look of a left-luggage office. I gazed in amazement at a detailed photograph of the Rosada Gulf, depicting the two deep chasms of Mairan and Harpalans, and the immense plains that stretch eastwards from the sea[14]. The enlargement, protected in its glass frame, hung on the right-hand wall above the sideboard, where there was a scaled compass and a protractor, along with various less obvious instruments.

A sudden noise interrupted my reverie. I turned quickly at the sound of an automatic weapon, probably a portable machine-gun, and was confronted by Andrew, the elder of their two children, wearing a space suit. Through a horizontal slit in the visor his eyes glittered with resolute naughtiness.

---

14 Mairan, Harpalans: small volcanic features on the moon. Mairan (+42°-43°). Harpalans (+53°-43°) Both located in Sinus Roris (Bay of Dew). Presumably Octavius planned to land here.

–No et moguis –digué–. Has rebut radiacions mortals i et desintegraràs d'un moment a l'altre.

El vaig abraçar amb efusió (quina altra cosa podia fer?) prement-lo potser més del que calia. Va entrar la Trinitat, amb una safata plena de tasses fumejants, i renyà el nen, pel vici d'apuntar la gent.

–I l'Octavi?

–Ara ve. Acaba de revisar els reguladors d'uns tancs d'àcid carbònic.

Tot ajudant la meva cosina a parar la taula, sosteníem un diàleg entre dents, precipitat: «I si li donàvem una droga que l'adormís?» «Sóc incapaç d'això!» «¿I si el lligàvem?» «Quin espectacle per als nens!» «¿I si li destruíem algun aparell indispensable?» «No m'ho perdonaria mai!»

A més –em preguntava jo–, quins devien ésser els aparells indispensables?

Entrà l'Octavi eixugant-se les mans amb un manyoc d'estopa. Se'l veia jovial, però d'una jovialitat forçada, com si representés un paper tranquil.litzador de cara als altres, per la conveniència de mostrar aplom en moments crucials.

–Hola! M'agrada que hagis vingut –va dir-me–. La crònica sempre depèn dels testimonis directes.

Ens vam asseure al voltant de la taula i, poca estona després, la Trinitat va portar els nens a la cuina, perquè amb el brogit que feien impedien que s'estabilitzés el desitjat clima de conversa. Un cop sols nosaltres tres, distrets només –i vagament– per les entrades periòdiques de la minyona, vaig preguntar a l'Octavi si ja ho tenia tot resolt, si estava ben segur que no li fallaria res, cosa o peça, quan més falta li fessin.

Ell rigué. Sense ganes, naturalment, però amb ostensió, amb una mena d'enuig desafiant:

–Què m'ha de fallar, a veure?

–No ho sé! («tantes coses poden declarar-se cloc-piu en casos així», meditava jo). Els meus coneixements mecànics no passen de l'horàmetre que vaig inventar en plena adolescència. No ignores els resultats... En un calaix de casa, encara hi ha rodes dentades.

–En el meu intent, compta més la física que la mecànica. I l'ambició, sobretot, l'impuls d'obrir molt els ulls per veure més enllà.

–Però vols dir que aquesta no és feina dels governs? Si països poderosos proven i proven, sense sortir-se'n del tot, què pot fer un particular?

–El que faré jo, a les tres de la matinada de demà. Si repasses objectivament el progrés de la humanitat, veuràs la important contribució de la iniciativa privada.

'Stand still' he said. 'I've shot you with a lethal dose of radiation and you're going to disintegrate at any moment.'

'I hugged him effusively (what else could I do?), squeezing him perhaps a bit harder than was necessary. Trinity came in with a tray of steaming cups and told him off for his bad habit of pointing guns at people.

'And Octavius?'

'He's coming. He's just checking the supply valves on a couple of tanks of carbonic acid.'

As I helped my cousin to lay the table we had the following muttered conversation:

'What if we gave him a strong sedative?'

'I couldn't bring myself to do it!'

'And if we tied him up?'

'What a sight for the children!'

'Suppose we destroyed some vital component?'

'He'd never forgive me!'

'And, in any case,' I said to myself, 'which ones are the vital components?'

Octavius came in, drying his hands on some rags. Although he appeared jovial, his unnatural light-heartedness seemed an act put on in front of other people, in response to the need to keep calm at times of crisis.

'Hello! I'm glad you've come.' he said to me. 'The historical record always depends on first-hand witnesses.'

We sat down round the table and, after a little while, Trinity sent the children off to the kitchen since their din was inhibiting the desired climate for conversation.

As soon as the three of us were alone, interrupted only by the occasional comings and goings of the maid, I asked Octavius if he had everything sorted out; whether he was sure that nothing would break down or come adrift when it was most needed? He gave a hollow laugh, just for effect, and asked defiantly:

'Let's see; what do you think is going to break down?'

'Oh, I don't know!' (There are so many things that can go haywire at times like this, I thought). 'You know my knowledge of mechanics doesn't go beyond a timer I invented in my teens. And you haven't forgotten what happened to that... I've still got the cogs in a drawer at home.'

'Physics is more important than mechanics on this project. And, above all, ambition – the urge to open one's eyes wide to see into the great beyond.'

'But don't you think that such tasks aren't better left to governments? If the super-powers keep on trying with no particular success, what can a private individual do?'

'Precisely what I will be doing at three a.m. tomorrow morning. If you review humanity's progress objectively, you'll realise how important private initiative has

L'esperit de recerca pertany a l'individu. Et costaria d'imaginar una multitud caçant lleons en selves inexplorades.

–El teu cas és diferent.

–Per què? L'home ha d'arribar a la Lluna amb una certa discreció, com si anés a una visita de compromís.

En irrompre en el diàleg la paraula *Lluna*, la Trinitat s'amagà la cara amb el tovalló i un sanglot reprimit sacsejà les seves espatlles. Era una dona soferta i veure-la a frec del límit de resistència em trastornà.

–Però home, Octavi... La Lluna! No comences per la teulada? ¿No et vols enfilar massa? Seria bo, penso, fer uns quants assaigs previs. Què et diré: coets postals transatlàntics (això t'ho comprarien!), noves formes d'anuncis voladors, dispositius més perfectes de pluja a voluntat...

La meva cosina, que fins llavors s'havia mantingut silenciosa, alçà uns ulls tristos i humits, animats de sobte per la flama de l'esperança.

–No t'agradaria, Octavi, provar això de la pluja? –digué amb un to suplicant.

Ell reaccionà amb irritació, fent amb els braços un gest de bandejar violentament els temes banals. I és que quan un s'ha fet la il.lusió d'anar a la Lluna, tota la resta ha de semblar-li mesquina i transitòria.

–Doncs procedeix amb cautela –vaig continuar–, segueix l'exemple dels altres i envia animals. Qui sap si un papagai ben triat, en cas de tornar, podria donar-te inestimables relacions orals. Fixa't! És una idea que, entretinguts amb simis i gossos, no se'ls ha ocorregut i et pot valer la davantera.

L'Octavi proclamà amb brutalitat (i amb manifesta injustícia) que no s'avindria a caure en l'estolidesa. O ens esforçàvem per aconseguir la volada èpica necessària o tallava en sec qualsevol intent de seguir parlant.

Encengué una cigarreta per a calmar-se i em va dir després que sortíssim al jardí. El coet es dreçava al centre de la torre auxiliar d'expulsió i el sol l'omplia de reflexos. Dos obrers connectaven en aquell moment una mànega a la base de la nau i el pare de l'Octavi feia semblant d'ajudar-los, revisant l'altre extrem del tub unit a una bomba de succió. Una rastellera de tancs cilíndrics formava un mur d'acer a la nostra esquerra.

–Tot això t'ha d'haver costat un sentit, Octavi...

–Vaig vendre l'hort que em deixà l'oncle Maties. Te'n recordes?

«Em recordo de l'hort –cogitava jo– i del dot de la Trinitat i de la hipoteca de la casa i de tot el que deus haver malvenut per anar-te submergint en la teva dèria.»

been.   It's individuals who feel the spirit of discovery.   You surely can't imagine hordes of people hunting lions in unexplored jungles?'

'Your case is different.'

'Why?   Man must go to the Moon discreetly, as though he were making a secret rendezvous.'

As soon as the word Moon was mentioned Trinity hid her face in her napkin and a stifled sob shook her shoulders.   She was a woman in pain and I was much moved to see her so close to breaking point.

'But surely, Octavius... the Moon! Aren't you jumping in at the deep end rather? Aren't you aiming a bit too high? I'd have thought it would be a good idea to try some practice runs first? You know, transatlantic postal rockets (someone really would buy that!), new kinds of flying advertisements, gadgets for making it rain on demand...'

My cousin, who until then had remained silent, raised sad, tearful eyes, which were suddenly animated by a spark of hope.

'Wouldn't you like that Octavius, to try out the thing about the rain?', she pleaded.

Irritated, he reacted with a sweeping gesture, as though violently dismissing such banalities.   And, it's true enough I suppose, that when someone has set their heart on going to the Moon, anything less is bound to seem paltry and inconsequential by comparison.

'In that case, take things step by step', I went on, 'follow other people's example and send animals.   Who knows... a well-trained parrot, if it came back, could tell you some marvellous tales.   Imagine it! There's an idea that hasn't occurred to those engrossed with their monkeys and apes, and it would put you in the forefront of human endeavour.

Octavius exclaimed roughly (and with no justification) that he was damned if he was going to be provincial about all this.   Either we made the effort to get the epic flight off the ground, or we might as well stop talking.

To calm his nerves he lit a cigarette and then suggested we went out into the garden.   The sun glinted off the rocket as it stood in the centre of its launch tower. Two workmen were at that moment connecting a hosepipe to the base of the spaceship whilst Octavius' father made efforts to assist them by attaching the other end of the pipe to a suction pump.   A glittering array of cylindrical tanks formed a wall of metal to our left.

'This little lot must have set you back a bit, Octavius...'

'I sold that orchard Uncle Matthew left me in his will; remember it?'

'Yes,' I mused, 'I remember the orchard, *and* Trinity's nest-egg, *and* the mortgage on the house, *and* everything else you must have pawned in pursuit of your mania.' I

Pensava, sense poderme expressar així per la trista i permanent necessitat d'obrar amb prudència. Però calia intentar, dir alguna cosa:

–I si no l'encertes, Octavi? Posem que l'enlairis, que aguantis el sotrac inicial i que les grans altures no t'afectin la salut. Ve de seguida la qüestió de la punteria. Tu (no ens hem d'enganyar) mai no n'has tinguda gaire...

–Tot està precalculat. Quan tanqui el circuit i es produeixi la combustió, el coet s'engegarà seguint la direcció convenient.

–Bé: admetem-ho així. Ja t'has sortit amb la teva i arribes a la Lluna. Però caus en un d'aquests tenebrosos cràters de més de cinc mil metres de profunditat, amb les parets quasi verticals. Quina situació, quan et refacis de la batzegada!

L'Octavi va sorprendre'm amb un canvi radical d'actitud. Gairebé repenjà el cap a la meva espatlla i amb una veu trencada, vacil.lant, em digué:

–Que et creus que no hi pateixo? Fa més de dues setmanes que dormo només amb l'ajut de drogues...

–I doncs, Octavi, i doncs?

–S'ha de fer. Ara és hora d'anar a la Luna i en milers de patis i de jardins com aquest, solitaris capdavanters preparen les seves màquines...

–Per què no deixeu aquesta ocupació per als solters?

–Són una mica inconscients. No voldria pas ofendre'ls, però el cert és que van d'esma, tenen la ment ocupada per tot de visions profanes i en èpoques de zel no s'hi pot comptar.

Dalt d'un arbre, un ocell començà a cantar. El seu do de l'oportunitat era distint del nostre i, a mi, em va semblar que no venia a tomb. L'oreig movia l'herba, inclinava el fum, duia flocs de cabell al rostre i feia caminar pausadament els núvols blancs. Lluny, un vaixell groguenc entrava a port i el guaita hissava banderes.

Jo havia de tornar a la càrrega:

–I quin sentit té tot plegat, Octavi? De què ens ha de servir la Lluna?

–Aquest és un problema de gabinet que no té res a veure amb nosaltres. Fa prop de cinc-cents anys que Colom va descobrir Amèrica i a hores d'ara encara no sabem ben bé per què serveix. Però ja veuràs tu com al final s'aprofita...

L'Octavi parlava dels exploradors de l'espai amb esperit de cos i mirava enlaire amb una mística sideral. Em portava avantatge.

Discretament, vaig preguntar-li si anava més o menys sobre segur. Si s'havia fet revisar els plànols per gent entesa, si havia collat ben bé tots els cargols... Va

kept all this to myself, however, not daring to voice my thoughts because of the ever-present sad necessity of handling Octavius with care. Nonetheless, I had to try to say something:

'And if you fail, Octavius? Let's suppose that you take off, and you survive the initial shockwaves, and the high altitude doesn't affect your health. Next comes the question of aiming the rocket in the right direction. And, let's be frank now, you never had much sense of direction...'

'It's all pre-programmed. When the switch is thrown and combustion commences the rocket will head off in the correct direction.'

'OK. Granted. You've come through everything and you land on the Moon. But then you fall into one of those sinister craters that are more than 15,000 feet deep, with almost sheer walls. Rather a predicament for you when you recover from the crash, don't you think!'

Octavius surprised me by his abrupt change of mood. He almost put his head on my shoulder as he murmured hesitatingly, 'Do you really think I'm not scared? I've been on sleeping pills for the past two weeks...'

'Why then, Octavius? Why?'

'It has to be done. Now is the moment for man to go to the Moon, and in thousands of backyards and gardens like this one, solitary entrepreneurs are preparing their spacecraft...'

'Why don't you leave the job to *unmarried* men?'

'They're a bit reckless. Without wanting to offend them, the truth is they don't know where they're going – their heads are full of profanities and in the rutting season they're really not reliable.'

Up in a tree a bird began to sing. I felt that its piping up at that moment jarred with our purpose and that it had chosen a bad moment. The breeze rustled the grass, bent the column of smoke, blew strands of hair across our faces and pushed the white clouds gently on their way. In the distance a yellow ship entered the harbour and her lookout hoisted the ensign.

I had to get back to the matter in hand.

'So what's the purpose behind it all, Octavius? What use is the Moon to us?'

'That's a government problem that needn't concern us. Christopher Columbus discovered America nearly five-hundred years ago, yet even today we're still not altogether sure what use it is. But just you wait and see how, in the end, it'll be exploited...'

Octavius talked enthusiastically about space exploration and gazed about him with starry-eyed mysticism. In this he had an advantage over me.

I questioned him discreetly about the safety aspects; had he had the plans checked by specialists? Had he tightened all the nuts and bolts? He answered that he

respondre'm que estava subscrit a una revista especialitzada, on tècnics de tot el món donaven valuosos consells.

–Sobretot, Octavi, emporta't una mica de conyac...

Ell assentia amb condescendència, com si s'estalviés de donar explicacions a una criatura.

De tant en tant, la Trinitat s'abocava a la finestra de la cuina i ens clavava una mirada trista. A mi, m'oprimia l'ànima i m'empenyia a noves recomanacions:

–Ja has tingut en compte les temperatures extremes, el zero absolut? Abriga't, no planyis la roba interior de llana ni temis de fer el ridícul encara que se't vegi engavanyat.

–El zero absolut no m'ha tret mai la gana. Et costaria de trobar un astronauta que abandoni l'empresa per por de refredar-se. En el nostre ram, els esveraments prenen de seguida una grandesa homèrica.

Tot pronunciant aquestes darreres paraules, l'Octavi inicià una volta entorn de la base del coet i vaig seguir-lo. Tot caminant, m'explicava detalls que eren d'agrair, que no n'entenia res.

Les coses tal com siguin: l'aparell es veia ben fet, acabat amb gust fins en aquelles parts tradicionalment enlletgides per la costura dels soldatges. L'Octavi sempre havia estat traçut i recordo que de petit construïa uns velers admirables.

M'adonava del risc que l'embadocament em fes cedir. Amatent, aprofitava qualsevol buit de la conversa per reprendre els assalts:

–Has arreglat els papers? No necessites cap placa de l'ajuntament? ¿Tens llicència de conductor de coets?

Ell responia que ens trobàvem en els principis de l'art i que en realitat existia una preocupació oficial més gran per vigilar una anada a la frontera que un viatge a la Lluna.

–Si la gent sabés les facilitats fiscals i duaneres que hi ha per volar verticalment tan de pressa com es pugui, ja fa temps que tindríem oberts els mercats planetaris.

Transcorregué el matí alternant el to didàctic recreatiu amb les premeditades escomeses pròpies de la missió que em corresponia. A l'hora de dinar, començàrem l'àpat sorrudament. Després, el pare de l'Octavi es referí a un jugador de dòmino que sempre l'amoïnava preguntant-li per la mania del seu fill. «Ara el baldaré –deia ell–. *Com va l'Octavi?*, voldrà saber mentre rumia la manera d'escanyar-me el doble sis. *Fa dies que no en sé res* –respondré–. *És a la Lluna i ja ens advertí que no passéssim ànsia.*»

A la tarda, l'Octavi preparà una carpeta amb mapes celestes, ajustà els correctors de zero d'uns aparells de precisió i després s'emprovà novament l'equip compensador, amb el casc de plàstic transparent i un complicat sistema de tubs flexibles. Vestit d'aquella manera gairebé no es podia moure; es volgué asseure i

subscribed to a DIY magazine in which specialists from all over the world offered helpful advice.

'Above all, Octavius, take a drop of brandy with you...'

He agreed condescendingly, as though such a childish remark hardly merited an answer. Now and again Trinity put her head out of the kitchen window and looked at us sadly. Her suffering affected me and prompted me to make new suggestions.

'Have you taken into account the extreme temperatures and absolute zero? Wrap up well and don't forget your thermal underwear; don't worry about looking ridiculously padded.'

'I've never lost sleep over the idea of absolute zero. You'd have trouble finding an astronaut who gave up from fear of catching a chill. In our line of business such terrors have an Homeric greatness...'

With these words Octavius strolled off around the base of the rocket and I followed behind. As we walked he pointed out various noteworthy details although I didn't understood anything he said.

It may as well be admitted that the machine looked pretty sound, with an attractive finish, even on those parts which are traditionally ugly owing to the welded joints. Octavius had always been skillful with his hands and I remember how, as a boy, he used to construct remarkable model sailing ships. I realised that I risked letting my fascination weaken my resolve. Alert once more, I made the most of every pause in the conversation to renew the assault:

'Have you sorted out the paperwork? Are you sure you don't need a licence plate from the town hall? Have you got a driving licence for a spacecraft?'

He answered that the state of the art was still very primitive, and that, in fact, there was far more official concern to monitor a trip across the border than a voyage to the Moon.

'If people only realised the tax and customs advantages there are for travelling upwards, at any speed you like, we'd have opened up planetary markets long ago.'

The morning passed, our conversation alternating between his cheery lecturing and my zealous, premeditated attacks. At lunch time we sat down sulkily to eat. Then Octavius' father brought up the subject of one of his domino-playing cronies who was constantly annoying him with questions about his son's mania.

'Now I'll show him', he exclaimed, 'He'll enquire "How's Octavius?" while pondering how to get his hands on my double six. "Oh, it's ages since I had any news of him", I'll reply. "He's on the Moon and told us not to worry."'

In the afternoon, Octavius prepared a folder containing celestial maps, adjusted the gyroscopes in certain precision instruments, and then tried on his spacesuit with its transparent plastic helmet and complicated system of flexible tubing. Dressed like that he could hardly move; attempting to sit down, both he and the chair fell

caigueren ell i cadira. Mentre l'alçàvem, no em vaig poder estar de dir-li:

–Mira que t'ha agafat fort, eh, Octavi?

Va contemplar-me amb una barreja de tristesa i de rancúnia, però reaccionà de seguida i prosseguí la seva labor de repàs d'accessoris. Compreníem la importància de no deixar-se res en terra (quina significació prenia el mot *terra* en aquell cas!) i provàvem d'ajudar-lo, potser sense l'eficàcia requerida. El nen gran va ficar la mà dreta dins un rodet electrònic i maldàrem una bona estona per alliberar-lo.

Jo patia per la Trinitat, que feinejava calladament, sense opinar amb el gest ni amb l'esguard. Denotava una temible pressió anímica i cada cop que es topava amb una fotografia lunar, li bategaven les venes del coll.

Transcorregueren les hores enmig d'un nerviosisme que procuràvem amagar parlant d'afers que no tinguessin relació amb el coet, però depenent-ne tots pels fils invisibles del neguit. El sol d'aquell dia tingué una posta magnífica, potser massa ataronjada per al meu gust, i no obstant això, molt panoràmica i completa. Des del jardí, admiràrem l'astre plegant en el mar com un paó lent, majestuós, amb detalls genials que feien oblidar la inevitable cursileria d'aquesta mena d'espectacles.

–Fresqueja –digué la meva cosina–. Entrem.

L'Octavi sopà desganadament, més aviat empès per les recomanacions familiars. El seu pare, molt de la vella escola, no cessava de dir que amb l'estómac buit no es pot anar enlloc i sostenia, sense interrupció, plats o paneres davant el seu fill, fiblant-lo perquè se'n servís.

Va acordar-se, no recordo per quins motius, que no valia la pena de ficar-se al llit. El viatger es prengué una pastilla de sulfat de benzedrina i seguí ordenant paquets i caixes, acumulant-ho tot a l'interior del projectil.

A mi em rendia la son i, de tant en tant, m'endormiscava. Assegut en una butaca, em lliurava a somnis de tema curt, amb presses i sense l'atenció convenient. A intervals em despertava de bursada i ajudava a tancar una maleta o a fer nusos, mentre deia quelcom destinat a justificar la meva presència. Per exemple:

–Per què no has buscat algú que t'acompanyi?

–Que vindries, tu?

–Francament, no. En aquesta època de l'any tinc molta feina al despatx. A més, vaig a tot arreu amb l'Ester. Ja saps com estem d'enamorats...

–Porta-la! –remugà ell abandonant-nos a mi i la conversa i retornant als seus preparatius. Se m'aclucaven els ulls, m'abaltia el cansament i vaig buscar un cadira i un angle de la taula per a recolzar-hi el cap.

over. As we helped him up I couldn't help remarking 'You're really hooked, aren't you, Octavius?'

He regarded me with a mixture of sorrow and resentment, but recovered immediately and set about the task of checking his accessories. We realised the importance of not leaving anything behind on the ground (what poignancy the word 'ground' took on in such circumstances!) and we tried to assist him, although probably not very efficiently. The elder boy got his right hand stuck in an electronic coil and it took us quite a while to free him.

I felt deeply for Trinity who went quietly about her work neither her behaviour nor her expression betraying her feelings. She was in a state of extreme nervous tension, even so, and every time she set eyes on a photograph of the moon the veins in her neck throbbed.

The hours went by as we tried to disguise our nervousness by chattering about subjects unrelated to the rocket yet which nevertheless linked up with it along invisible threads of unease. There was a magnificent sunset that day, perhaps a bit too orange for my taste, yet even so, very panoramic and complete. From the garden we admired the orb disappearing into the sea like a majestic peacock, a scene endowed with admirable touches that made one forget the inevitably cliched nature of the spectacle.

'It's getting chilly' said my cousin. 'Let's go in.'

Octavius ate his dinner listlessly, spurred on only by his family's advice. His father, who was one of the old school, kept repeating that one shouldn't go anywhere on an empty stomach, and put a continual array of dishes and bread rolls in front of his son, encouraging him to help himself.

It was decided, I don't know why, that it wouldn't be worth going to bed that night. The traveller took a benzedrine-sulphate tablet and went on sorting out his packages and boxes, stacking them up inside the rocket.

I was dead with fatigue and nodded off a couple of times. Sitting in an armchair, I abandoned myself to short-lived dreams which lacked the necessary attention to detail. Now and again I awoke with a start and helped to shut a suitcase or tie a knot, all the while trying to say something that would justify my presence there. Like, 'Why didn't you find someone to go with you?'

'Do you want to come?'

'Frankly, no. There's so much work at the office at this time of the year; and, as you know, Esther and I are going steady now. You know how much in love we are...'

'Bring her along too!' he muttered, abandoning me and our conversation to return to his preparations. My eyelids drooped; I was weighed down with sleep and went in search of a chair and a corner of a table on which to rest my head.

A tres quarts de tres de la matinada em deixondí el soroll d'un embalum pesat que caigué a terra. Tots estaven drets i la meva cosina plorava llavors obertament. L'Octavi duia ja complet el seu equip; dins la campana del seu casc, se'l veia ben pentinat, amb la ratlla curosament marcada. «Que curiós que un home es pentini per anar a la Lluna!», em deia jo. Però tinc un caràcter vacil.lant i vaig pensar de seguida: «Que curiós seria que hi anés escabellat!»

Sortírem a fora. La base del coet s'il.luminava amb una resplendor violàcia i va semblar-me que el sòl trepidava. Feia una nit clara, estelada, i ningú de nosaltres no s'atrevia a mirar enlaire. Les nostres ombres es projectaven d'una manera espectral. Sense voler-ho vaig trepitjar un grill, que féu un xerric desagradable, acusador, que em remordeix cada vegada que l'evoco. Però és ben cert que no l'havia vist i, per altra banda, tots els altres grills del jardí i del barri (segurament que tots els del país) seguiren cantant indiferents i ceballuts.

L'Octavi s'acomiadà de la Trinitat, amb unes darreres recomanacions que es referien als nens; després va abraçar fortament el seu pare i m'estrenyé la mà amb èmfasi. Ens digué que ens apartéssim de la bastida i pujà per una petita escala de ferro fins a abastar un portell que hi havia en un costat de la nau. Des d'allí, es tombà per fer-nos adéu i tancà amb un cop sec, metàl.lic.

Ens eixordà el soroll d'una explosió i ens encegà el fum i la pols que desplaçà el coet en alçar-se. Les gallines (que amb menys en tenen prou) s'esvalotaren estúpidament, si es té en compte que poc les afectava tot allò.

Jo m'adonava que vivia una experiència inoblidable. No crec que existeixi gaire gent, a casa nostra, que hagi vist desaparèixer un cosí seu xiulant per l'espai i amb un llumet a sota.

Durant una colla de dies vaig llegir els diaris esperant trobar la notícia de l'estavellament de l'Octavi, en una platja o en algun camp llaurat, qui sap si provocant incendis forestals o bé ocasionant danys considerables en propietat aliena. No fou així: mai més no se n'ha sabut res i la Trinitat dubta encara entre vestir-se de dol o demanar una pensió vitalícia. Demanar-la a qui? Aquesta és la qüestió.

En els moments eufòrics, quan foragito els negres pensaments, crec que l'Octavi pot haver triomfat. En aquest cas, els segons que arribin a la Lluna, el trobaran refistolat davant la seva tenda, empunyant la nostra bandera. I això, digui's el que es vulgui, és història.

At a quarter to three I was alerted by the sound of a heavy weight falling to the ground. We were all on our feet and my cousin was crying openly now. Octavius was wearing his full equipment – through the dome of his helmet one could admire his carefully combed and parted hair. 'How strange that a man should comb his hair to go to the Moon!' I mused. But being the indecisive character that I am I was immediately struck by the further thought: 'But how odd it would be if he didn't!'

We went outside. The base of the rocket was lit by a purplish glow and the ground seemed to me to tremble. It was a clear, starry night and not one of us dared look skyward. Our ghostly shadows stretched away into the distance. Without meaning to I trod on a cricket who emitted a disagreeable and accusatory shriek, which gives me a twinge of conscience every time I think of it. But the fact is, I didn't see it and what's more, all the other crickets in the garden, the neighbourhood (and probably all the crickets in the country) went on singing in obstinate and utter indifference.

Octavius said goodbye to Trinity with a few last pieces of advice about the children, then he hugged his father closely and gave me a firm handshake. He told us to stand back from the scaffolding and he climbed up a little iron ladder to a hatch in the side of the rocket. From there he turned to say his last farewell, then the hatch shut with a dry, metallic click.

We were deafened by an explosion and blinded by the smoke and dust raised by the rocket as it took off. The hens (who are so easily upset) flapped stupidly, bearing in mind that all this rigmarole had little to do with them.

I realised that I was witnessing an unforgettable experience. I don't suppose there are many people here at home who have watched one of their cousins go whistling off through space, powered from below by a tiny flame.

For some days afterwards I monitored the press for reports of Octavius crashing onto a beach or a ploughed field, or perhaps causing forest fires or considerable damage to someone's property. But it didn't happen: we have simply never heard any more of him and Trinity still hesitates between wearing widow's weeds or applying for a life-pension. But apply to whom? That's the question.

In euphoric moments when I drive off my pessimism, I think that Octavius may have triumphed. In that case, the second mission to arrive on the moon will find him standing to attention in front of his tent, holding a Catalan flag. And *that*, say what you will, is history.

5. EL MILLOR AMIC

L'home estava molt excitat. Era d'aquells temperaments que proven de dominar-se, però encara hi perdia, perquè la pressió interior el tenia vibràtil com una campana feinera.

–Jo no somio ni pateixo al.lucinacions –deia–. Veig una cosa i me la crec si la puc tocar. Si no, la poso en quarantena.

–Però vós dieu que vau topar-hi...

–I tant! Va venir de poc que no em fa caure. Jo caminava mig ajupit, furgant amb el bastó els llocs on podia haver-hi bolets. Hi ha qui diu que els boletaires som cerebrals, imaginatius. Jo dic que hi ha de tot... En el meu cas, puc assegurar que mai no he estirat més el seny que la màniga. De cop, vaig topar amb algú, i sort del bastó, perquè d'altra manera hauria fet el paper de les quatre grapes. Alço els ulls i em trobo amb aquell tipus, dret, rígid, immòbil com un armari de paret. Anava vestit d'aviador de grans altituds, amb aquella mena de granota lluent, de color de plata. «Un que ha anat de corcoll», vaig pensar de primera intenció.

–I què és el que us va sorprendre?

–Gairebé res: no tenia cara. A dins el casc, vista a través de la finestra translúcida, només una buidor total, il.luminada amb una llum fosforescent. La llum bategava, i, a cada batec, tota la figura creixia, per l'estil de les caderneres quan estarrufen les plomes. Em vaig escamar, la veritat. Sort que un pensa que a barallar-se sempre s'hi és a temps. Si no, li hauria ventat una bastonada *irreparable*. Jo (és bo de saber-ho) pico fort.

–Però ell no us molestava pas...

–No i sí. No diré que em fes por, però tampoc no em feia goig. De sobte, ell que em diu: «Bon dia i bona hora», i jo que li contesto: «Salut hi hagi!» Em vaig quedar glaçat, potser pel to metàl.lic de la seva veu, potser perquè em va parlar en un català de curiosa ressonància, qui sap si amb accent tortosí...

–I això què tenia d'estrany?

–Vós mateix! ¿Heu vist mai cap català equipat com un tripulant de coets? No tirem per aquí, nosaltres... Atabalat, em vaig asseure en una pedra, i ell m'imità tot asseient-se a terra, calmós i matusser. Cedint a una inspiració momentània, vaig

5. THE BEST FRIEND[15]

The man was extremely agitated. He was one of those nervous types who struggle to keep themselves under control, but he had failed this time and was shaking like a leaf.

'I assure you I'm not one to dream or hallucinate,' he said.'I believe in something I see only if I can touch it. Otherwise it remains under suspicion.'

'But you mean to say that you met a...'

'I most certainly did! He almost knocked me over. I was walking along, bending down and poking my stick into places where I might find mushrooms. Some say that we mushroom-pickers are intellectual, imaginative types, although I always say that it takes all sorts... Anyway, as far as I'm concerned, I have always kept my feet firmly on the ground, I can assure you. Suddenly, I came across something, and it's lucky I had the stick, or else I'd have been fumbling around on all fours. I looked up and found myself face to face with this character, tall, stiff, and standing as still as a statue. He was dressed up like an astronaut, in one of those shiny silver overalls. "Someone who's off his rocker" was my first thought.'

'And what was so surprising about him?'

'Oh, nothing really, just that he didn't have a face. I could see through the translucent visor that there was nothing inside the helmet but a total void, lit by a phosphorescent glow. The light flashed on and off, and each time it did so the whole figure swelled out, rather like goldfinches when they fluff out their feathers. I was pretty suspicious, I can tell you. It's lucky that I'm one who reflects first before getting involved in a fight. Otherwise I'd have fetched him a nasty knock with my stick. I should stress that I'm not one for half measures...'

'But he wasn't disturbing you in any way.'

'Well, yes and no. I can't say that he frightened me, but I wasn't exactly comfortable either. Then he suddenly said to me "Good day, how are you?" to which I replied "Very well thanks, and you?" I was stunned, perhaps on account of the metallic timbre of his voice, or perhaps because he spoke in a curiously resonant Catalan, with a rather strong Castilian accent...'

'And what's so odd about that?'

'What do you think! Have you ever seen a Catalan kitted out like a spaceman? We don't do that sort of thing...! I sat down wearily on a stone and he imitated me by lowering himself slowly and awkwardly onto the ground. In a flash of inspiration I

---

15 The Best Friend' *(El millor amic)*, first published 1968, then in *Invasió subtil i altres contes* (Subtle Invasion and other stories), 1978.

preguntar-li: «Per casualitat, no sou pas extraterrestre, vós?» I ell em va respondre que sí, tan tranquil, i encara volgué saber si jo tenia res a objectar-hi. «Home, no – vaig replicar-li–, sóc demòcrata i de mena sociable.»

–I la cara? Ja li havia sortit?

–Ni de bon tros! Continuava amb les pampallugues de la seva fosforescència. A tall de tempteig, vaig oferirli un cigarret i em digué que no fumava...

–¿Com volíeu que fumés, amb el casc posat i sense boca, segons dieu?

–Precisament per veure com s'ho feia. La veu li sortia d'una reixeta col.locada a la part frontal del casc, i jo, a falta d'ulls davant meu per lligar conversa, clavava la mirada allí.

–No vau preguntar-li on havia après el català?

–Sí, i em digué que no en sabia un borrall. Va explicar-me que duia un artifici que traduïa els seus pensaments i els ampliava d'una manera sonora, fos quin fos l'idioma del seu interlocutor. A la inversa, l'aparell recollia les paraules de l'altre i les servia al seu enteniment clares i netes. «Tot automàtic?», vaig preguntar-li. «Tot», va respondre'm. Vaig allargar-li la mà amb ganes de felicitar-lo (encara no em sé avenir de la meva audàcia», però ell no correspongué. Fou una situació delicada, que per un moment va enfredorir l'entrevista. Sóc tan sensible a aquests detalls!

–Els deuen educar d'una altra manera...

–És la reflexió que vaig fer-me, i, per trencar la tibantor, vaig elogiar-li l'aparell lingüístic. «És summament pràctic. Us cansareu de vendre'n. Aquí hi teniu un bon mercat.» Ell no va mostrar cap interès i m'assegurà que les seves visites obeïen a uns altres objectius.

–Bon punt a tocar. No vau preguntar-li què hi busquen, a la terra?

–Ho tenia a la punta de la llengua, però va semblar-me que calia esperar una mica, per tal de guardar les formes. Érem a frec de migdia i queia una hora serena, amb tot el paisatge perfilat i amorosit pel sol. Jo em mirava el foraster i ell no sé què feia, ja que sense fesomia és difícil d'endevinar els sentiments dels altres. Vam callar durant una estona, i, al final, el vaig emprendre novament: «Ara que ja hi ha més franquesa, em podríeu dir on teniu la cara?» «No en tinc –em va contestar–. No tinc cap de les coses que a vosaltres us serveixen per a compondre la figura.»

–I doncs? Amb què omplia l'uniforme?

–Clavat! Vaig fer-li aquesta mateixa observació. Em va respondre que tot era artifici, una manera aproximada d'adquirir aparença humana, per tal de no desvetllar massa curiositat. Anava ben lluny d'osques!

asked him, "You wouldn't by any chance happen to be an extraterrestrial being, would you?" to which he replied calmly that yes, he was, and he even wanted to know if I had any objection. "No, of course not" I told him. "I'm a democrat and I live and let live."'

'What about his face? Had it appeared by now?'

'Quite the reverse. He was still doing his phosphorescent flickering. I tried to tempt him with a cigarette but he said he didn't smoke...'

'How did you expect him to smoke with his helmet on and, according to you, no mouth?'

'Precisely to see how he'd do it. His voice came out of a small grille set into the front of his helmet and since there was no eye contact between us to help the conversation along, I fixed my gaze there.'

'Did you ask him where he had learned Catalan?'

'Yes, and he said that he couldn't speak a word. He explained that he carried a machine which translated his thoughts and amplified them audibly, no matter what language he was addressed in. Reversing the process, the machine collected the other person's words and served them up to his mind all neat and tidy. "Completely automatically?" I asked him. "It does everything" he replied. I moved to shake his hand, wanting to congratulate him (I am still amazed at my own audacity), but he didn't respond. It was an embarrassing situation that for a moment quite put a chill on the interview. I am so sensitive to these details.'

'They must educate them differently.'

'That's the conclusion I came to and, so as to break the ice, I praised his translating apparatus. "It's extremely practical. You must be worn out from selling them. You'll find a good market here." He showed no interest whatsoever in this idea and assured me that his visit had a very different object.'

'A good subject to get on to. Didn't you ask him what they think they are up to here on Earth?'

'I had it on the tip of my tongue, but it seemed better to wait a bit, in order not to appear too forward. It was almost midday and a stillness crept over the landscape, which was clear and mellow in the sunshine. I looked at the stranger, but I don't know what he was thinking since it's hard to guess people's feelings when they haven't got a face. We remained silent for a while until, at last, I spoke up again: "Now that we know one another better, could you tell me where your face is?" "I don't have one," he replied, "I don't have any of the components that make up your bodies."'

'Oh? Then how did he fill his uniform?'

'Exactly! That's precisely what I asked him. He replied that it was just a device, a way to take on a roughly human appearance so as not to arouse too much curiosity. He couldn't have been more wrong about that!'

–Fa basarda, això...

–Sí. Sobtadament, em va venir una aprensió. «¿No m'encomaneu pas radiacions? Sóc pare de família i molt considerat a la casa on treballo.» Ell va riure, malament, perquè es veu que aquest extrem no l'han resolt. Em digué que no patís, que no em passaria res. Aleshores, amb més confiança, vaig fer-li la pregunta bàsica: «¿I com és que no us decidiu a baixar del tot? Molt voletejar, moltes llumetes, però d'aterratges pocs i sempre d'esquitllentes. Què us passa?

–Això el devia picar!

–No tant com sembla. «Jo bé he baixat –exclamà–. I en dir *jo* faig servir un terme relatiu. No sabeu quants som a dins d'aquesta funda, i, sobretot, no sabeu quants som a fora.»

–Ep! Això m'hauria esverat.

–I a mi també. Vaig tenir la sensació que em voltaven, i ell m'ho va conèixer. «Quiet, quiet! –cridà. I afegí–: Són maneres de dir, comparances desesperades. És com el concepte *baixar*, que depèn d'on estiguis enfilat o del lloc d'on vinguis. Per exemple, a vós no us passarà pel cap baixar d'una atracció en marxa, com ara la vagoneta d'una muntanya russa...»

–Una atracció? Quin punt de vista més excitant! Seria bona que es tractés d'una fira còsmica!

–Sí, oi? A tant la volta interplanetària... Però a mi em faria l'efecte d'una enredada, estic segur que la cosa ha de tenir més envergadura. Vaig portar la conversa cap als alienígens i ell em replicà que els americans (i una mica tots nosaltres) ho vèiem tot a través de la baralla i de la invasió. En resum: que som uns subnormals malcriats i escometedors. Afegí que el nom d'alienígens no lliga i que seria més adequat qualificar-los de sexòfors. «I ara! vaig dir-li–. Quin nom més desorientador! Per què, sexòfors?» Ell es va irritar. «Per què, per què! –digué–. Sempre esteu igual! Apunta't'ho i calla!» Em va tutejar per primera i última vegada, llicència de poca entitat si es té en compte la situació. En aquell moment, va aturar-se-li un tàbec a la reixeta i començà a manotejar per a esquivar-lo. Vaig dir-li que no li faria res, degut al gruix del casc i per falta de carn on fiblar. Em respongué que érem una colla de bruts, nosaltres, i que teníem tota la geografia com un corral.

–Així és que, de mica en mica, s'anava descarant...

–Es veu que sí. Aleshores, vam sentir un tret, i al cap d'un instant es va presentar un pagès amb una escopeta de dos canons sota l'aixella. Duia un parell de perdius pengim-penjam i el seguia un gos petit i tronat, que era un manyoc de nervis. El pagès, en veure aquella figura, es va quedar de pedra. Però va dissimular, i em

'Makes one uneasy, really...'

'Yes. Suddenly I was struck by a worrying thought. "You're not contaminating me with radiation, are you? I am the head of a family and very highly thought of in my office." He laughed unconvincingly: it's obvious that they haven't yet perfected this detail. He told me not to worry, and that nothing would happen to me. Then, with growing confidence, I asked him the key question: "And why don't your kind visit Earth properly? There's a lot of flying around, plenty of twinkling lights, but landings are few and always on the sly. What's wrong with you?"'

'That must have stung him!'

'Not as much as you'd think. "I certainly have landed," he exclaimed, "and in saying 'I', I am using a relative term. You don't know how many of us there are inside this covering and, what's more, you don't know how many of us are outside it."'

'Goodness! That would have frightened me.'

'It did me. I felt that they had me surrounded, and he realised this. "Calm down," he commanded. And added "These are figures of speech, impossible comparisons. It's like the concept 'landing' which depends on your point of view, or on where you are coming from. For example, it would not cross your mind to get down off a fairground ride, such as a roller coaster, while it was still in motion, now would it?"'

'A fairground ride? What an exciting notion! Wouldn't it be fun if there was some kind of cosmic fairground!'

'I agree. At so much for an interplanetary tour... But I'd feel much cheated if that were the case; I'm sure there must be more to space than that. I steered the conversation onto the subject of aliens and he told me that the Americans (and to some extent all of us) view everything in terms of war and aggression. In short, we are uneducated and hostile imbeciles. He added that the term "alien" is incorrect, and that it would be more appropriate to call them sexophores. "Really!" I said to him, "What a very peculiar name! Why sexophores?" He became irritated. "Why? Why?" he said, "You creatures are all the same! Make a note of it and shut up!" He addressed me familiarly for the first and last time, a minor liberty, given the circumstances. At that moment he was interrupted by a horse-fly at his grille, and began to swat at it with his hand, trying to shoo it away. I told him that it wouldn't hurt him, owing to the thickness of the helmet and the absence of any flesh to bite into. He replied that we were all a bunch of brutes, and that our countryside was no better than a pigsty.'

'So, it seems that he was becoming more and more disrespectful.'

'So it appeared. Then we heard a shot and a few moments later a farmer appeared with a double-barrelled shotgun under his arm. He carried a brace of partridge flopping round him and was followed by an exhausted dog who was a bundle of nerves. When the farmer saw this character he stood rooted to the spot, but hid his

demanà foc, tot mirant de reüll el meu (diguem-ne) company. El gos comença a lladrar i a fer salts de través al voltant del sexòfor, el qual es va aixecar i retrocedí a poc a poc, mentre deia amb una veu amable: «Quisso, gosset bufó... Qui és la fera de casa?» Però al final va perdre el comportament i ens digué que si no ens endúiem aquella bèstia lluny d'allí la desfaria a puntades de peu. Em va semblar que tremolava, però potser eren les contraccions i les dilatacions del seu sistema intern. El pagès digué que ens guardaríem bé prou de maltractar-li el gos, i estic convençut que ja feia comptes a base d'una perdigonada vindicadora. El que pot la inconsciència! Vaig demanar-li que agafés l'animal i el tingués a part, que en acabat ja li explicaria tot i li donaria una propina.

–I el sexòfor?

–Va dir que se li feia tard i que ens havia de deixar, amb gran recança de part seva. Se sentí un xiulet estrany, i en un alzinar de la dreta va brillar una resplendor molt intensa. Va semblar-me que tot brunzia i l'herba s'inclinà pentinada per un vent càlid. «Us acompanyaré un tros», vaig dir al visitant. «Un tros, només», em va respondre. De tant en tant, es girava per veure si el pagès aguantava el gos.

–Veure amb què? No dieu que no tenia ulls?

–Es deuen espavilar amb altres peces. Us asseguro que no es perdia cap detall. Pel camí, vaig demanar-li si voldria fer el favor de gravar-me un jeroglífic a la cantimplora, i s'excusà dient que no tenia temps, que ja tornaria un altre dia. De cop es deturà. «Un què heu dit?» «Un jeroglífic –que li repeteixo jo–. Com a record, perquè em creguin. Ja hi ha precedents...» Es va posar a riure (només el so, ja s'entén), i em digué que som una colla de sonats.

–Així mateix, amb una expressió tan típica?

–Tal com ho conto. Reprengué la marxa, i jo estava neguitós pensant que se n'aniria sense deixar-me cap penyora. «Si almenys em comuniquéssiu un missatge!», vaig suplicar-li. S'aturà novament, i em va fer l'efecte que reflexionava. «D'acord –digué–, us en deixaré un: vigileu-vos la demografia! Deixeu-vos d'ortodòxies i de floritures morals. Ara esteu preocupats per la falta d'estatges i us afeixuga la recerca de pis. Però no sabeu el que és buscar planeta!» A mi, això de la demografia, em va evocar fatalment el trasbals de la reproducció. Sense engaltar, sense pensar-ho gaire, vaig preguntar: «I vosaltres? Com us reproduïu?» «Com les calcomanies!», em respongué. Però em sembla que era per enllestir, perquè tot seguit m'ordenà que m'aturés i va emprendre una correguda cap al bosc d'alzines. Abans de desaparèixer entre la vegetació em va fer un gest que devia ser d'adéu, i, gairebé de seguida, els arbres es van estremir, el terra trontollà i un objecte volador

surprise and asked me for a light, all the while examining my companion (as you might call him) out of the corner of his eye. The dog began to bark and jump up at the sexophore who got up and gradually backed away, meanwhile saying in a friendly voice: "Quiet now, doggy, silly boy... Who's a good dog then?" But he finally lost his nerve and told us that unless we kept that animal well away from him, he'd kick it to pieces. He seemed to tremble, but it may have been just his internal system expanding and contracting. The farmer said that we'd be sorry if we ill-treated his dog, and I'm sure that he was already weighing up the pros and cons of using his shotgun on us. Amazing how reckless people can be! I asked him to restrain his dog and keep it well away from us, and that when we'd finished I'd explain everything and give him a tip.'

'And the sexophore?'

'He said it was getting late and that he was sorry but he'd have to leave us. A strange whistling sounded and a blinding light shone out from a wood over to our right. Everything seemed to whirl around and the grass flattened, brushed by a warm wind. "I'll go with you a little way," I said to the visitor. "Only for a bit," he replied. Now and again he turned to see whether the farmer was still holding onto his dog.'

'Seeing with what? You said he hadn't any eyes.'

'They must use some other organ. I can assure you that he didn't miss a detail. On the way I asked him if he would do me the favour of scratching a sign onto my waterbottle, but he excused himself saying that he had no time and that he'd come back another day. Suddenly he stopped. "A what did you say?" "A sign," I repeated, "As proof, you know, so that they'll believe me. There are precedents..." He began to laugh (sounded like it, anyway) and told me that we are a bunch of lunatics.'

'Just like that, so colloquially?'

'Just as I'm telling you now. He carried on walking and I was upset, thinking that he was going to leave without giving me any proof. "Well, at least, if you could give me a message!" I pleaded. He stopped again and gave me the impression that he was thinking. "Very well," he said, "I'll leave you with this one: keep an eye on your birth rate. Forget about old orthodox customs and irrelevant morals. For the moment your main worry is running out of rooms and finding a new flat. But you don't know what it's like to have to search for a new planet!" The bit about the birth rate to my mind suggested the disturbing subject of reproduction.Without even stopping to think, I asked: "And you? How do you reproduce?" "It's a bit like printing" he answered. However, I think he was trying to cut me short because immediately afterwards I was ordered to stop and he ran off towards the wood. Before disappearing among the bushes he made a gesture which must have signified goodbye, and almost at once the trees shook, the earth shuddered, and a flying

va enlairar-se majestuosament amb l'aparat de sempre: llums de colors i un zumzeig especial. Va parar-se a uns dos-cents metres d'altitud, oscil.la com si es gronxés i sortí disparat com una fletxa cap a la banda de Manresa.

–I no va passar res més?

–Home, Déu n'hi do! Vaig allargar quinze pessetes al pagès i no les va voler, ni va admetre explicacions. Estava enfadat, perquè deia que amb tantes anades i vingudes li espantàvem la caça. Afegí que l'any darrer, uns forasters com aquell li havien fet una cremada a l'era i va dir que no trobava bé que gent com jo els donéssim audiència. Això és tot: poseu-hi la data i llestos.

–Però, voleu que, a l'atestat, hi figuri el vostre nom i l'adreça? No us ho aconsello pas... En virtut del meu càrrec, sé que això us portarà molèsties. Al capdavall, el vostre testimoni no aporta res de nou als casos registrats fins ara...

–Que no? Quina poca vista! Es pot dir que hem fet un descobriment sensacional. De debò que no pesqueu l'ona?

–Que potser us referiu a l'aparell traductor?

–No, i això que l'aprecio. Es tracta d'una cosa més important: ara sé que els gossos els fan por. Estic convençut que aquesta és la causa que no baixin més sovint!

–És una teoria atractiva. Ara que ho dieu, hi caic. I no els critico pas! A mi tampoc no em fan peça. Bé, vós mateix: firmeu aquí, poseu-hi la pòlissa corresponent i ja veurem què passa.

–Ens volen prendre l'arma curta.
–Oh, la saben molt llarga.

4. *L'Esquella*, LXI (1937), p.230

saucer took off majestically, with all the usual trimmings: coloured lights and a strange humming. It hovered at about six hundred feet, rocking to and fro, then shot off like an arrow in the direction of Manresa[16] .'

'And nothing else happened?'

'Good grief, what more do you want! I offered the farmer fifteen pesetas but he wouldn't take them or accept my explanations. He said he was angry because all this coming and going was frightening the game. He added that the previous year some similar strangers had scorched a patch of his farmyard and he didn't think it was right that people like me should go about encouraging them. That's all. Put the date on it and we're done.'

'But do you want your name and address on the testimony? I don't advise it... In my experience I know it would create trouble for you. In the end your testimony doesn't contribute anything new to the cases recorded up to now...'

'You think not? How obtuse you are. It's obvious, surely, that we have made a sensational discovery. Do you really not see the point?'

'Are you perhaps referring to the translating apparatus?'

'No, although I do appreciate its worth. No, it's something far more important than that: now I know that they are frightened of dogs. I'm convinced this is why they don't come down more often!'

'It's an attractive theory. Now that you mention it I see your point. And I don't blame them! I'm not keen on dogs myself. Well, it's up to you: sign here, and seal it, and we'll see what happens.'

---

16   Manresa: 67 Km northwest of Barcelona. An ancient town, settled in pre-Roman times. Now very industrialized.

6. L'EDAT D'OR

Va llevar-se emmurriat, amb el geni de través, i començà a regirar tota l'habitació. Obria calaixos i armaris, rebotia la roba per terra i de sobte es va posar de quatre grapes, per mirar sota els mobles.

La seva dona, del llit estant, amb les mans al clatell, se'l mirava amb un somriure mofeta i l'aire de deixar-lo fer. «Si trenques res», pensava, «ja em sentiràs.» Al cap d'una bona estona, li preguntà:

–Què et passa, ara? Què tens?

–He perdut la memòria i no la trobo enlloc! –va respondre ell amb un rebuf.

La dona va esbatanar els ulls, alçà els braços com si clamés al cel i enrigidí tots els músculs de la cara, per expressar la infinita paciència d'aquest món.

–Que no ho veus, infeliç –digué–, que la portes posada?

7. L'EXPRÉS

Ningú no volia dir-li a quina hora passaria el tren. El veien tan carregat de maletes, que els feia pena explicar-li que allí no hi havien hagut mai ni vies ni estació.

6. THE GOLDEN AGE[17]

He stood up, troubled and out of sorts, and began hunting round the room. He opened drawers and wardrobes, threw clothes onto the floor, then suddenly got down on all fours to look under the furniture.

His wife watched him from the bed, hands behind her head, her smile ironic, letting him get on with it. "If anything gets broken," she thought to herself, "then you're really for it." After quite some time she asked him:

'What is the matter? What are you doing?'

'I've lost my memory and I can't find it anywhere!' he retorted.

His wife stared at him, then threw up her hands as though calling on heaven to help her, with an expression of infinite, worldly patience.

'Can't you see, you idiot, that you're wearing it.'

7. THE EXPRESS[18]

No one could tell him what time the train was due. They saw him so weighted down with suitcases that they hadn't the heart to explain that in that place there never had been either a railway line or a station.

---

17 The Golden Age' *(L'edat d'or)*, first published in *Tot s'aprofita* (Nothing's wasted), 1983.
18 The Express' *(L'exprés)*, first published in *Invasió subtil*, 1978.

8. HISTORIA NATURAL

Tothom que tingui quatre lectures sap que en el tròpic hi ha ciutats bones que tenen una retirada amb les veritables ciutats d'Occident.

Però, abans de formar-se un judici definitiu sobre la matèria, cal conèixer ben bé tots els extrems, i jo estic en condicions d'aportar dades que posaran la questió sota una nova llum.

Perquè una vegada, per descansar de no recordo quina fatiga, m'en vaig anar a viure en una ciutat tropical. Era una ciutat asfaltada, amb construccions a l'americana i semàfors a cada xamfrà, policies de carrer, uns tramvies que anaven bé i un servei de cultes que omplia folgadament les necessitats dels habitants i de la gent que els visitava.

Vaig llogar un pis modern, tot ell de ciment armat i ferro, amb uns serveis sanitaris que, segons declaració explícita de l'amo de la casa, eren triats del catàleg més recent d'una fàbrica que diu que tenia tanta fama.

Feia tot l'efecte que, en aquell pis, s'hi havia de viure bé. Però no era pas veritat. El primer dia d'estar-m'hi van començar a sortir insectes per totes les escletxes i em voltaven i em miraven esperant que m'adormís per picar-me. Contra ells tenia les defenses que la indústria moderna posa al servei del llogater en casos com aquests, i em va fer l'efecte que no m'havia de preocupar massa.

Però l'endemà ja vaig descobrir unes cuques estranyes que s'havien de matar, precisament, esclafant-les, i després rates, un rèptil tropical que canta de nits, escorpins, la perillosa "mimeola-alleuquis" que es menja les orelles de les criatures i, quan aquestes manquen, les dels grans, termites blanques, etc.

Tenia la sensació d'ésser un sobrevingut en aquell pis i, efectivament, algun cop havia sorprès una mirada plena de retrets d'una d'aquelles bestioles. Però ja sabeu com som els europeus. No cedim, anem a la nostra i tenim un temperament bel.licós. Vaig decidir plantar cara i em passava lluitant del matí al vespre, amagant-me pels racons amb una fusta a les mans, esperant el pas de qualsevol animal.

Però un dia, un dimecres, vaig trobar un tigre a la cuina. Això si que em va indignar i em va fer veure que ja n'hi havia prou.

Vaig anar a trobar la portera, saltant els graons de quatre en quatre.

8. NATURAL HISTORY[19]

Anyone with any brain knows there are some fine cities out in the tropics, which are not so very different from our real cities here in the West.

But one must have all the facts before forming a firm opinion on this subject and I can offer certain information which will place the matter in a new light.

Once upon a time, in order to recover from some problem or other which I don't now recall, I went to live in a tropical city.[20] It was a city of asphalt, with American-style buildings and traffic-lights on every corner. It had policemen on the beat, an efficient tram service, and various cults which amply catered to the needs of its inhabitants and visitors.

I rented a modern apartment built entirely of reinforced concrete and steel, with bathroom fittings which the owner emphasized had been chosen from a well-known manufacturer's latest catalogue.

The overall appearance of the apartment suggested that it would be a comfortable place in which to live; but this wasn't true. On my first day insects began to emerge from every crevice, they surrounded me and kept vigil, waiting for me to go to sleep in order to bite me. Against them I had the weapons modern technology puts at the tenant's disposal in cases of this kind and I was led to believe that I needn't worry unduly.

But the next day I discovered strange creepy-crawlies which it turned out could only be squashed to death. Then out came rats; a tropical reptile which sang at night; scorpions; the dangerous "mimeola-alleuquis" (which eats the ears of small children, and when these are not available, those of adults); white termites; etc.

I had the sensation of being an unwanted guest in that apartment and from time to time caught one of the beasts eyeing me reproachfully. But you know what Europeans are. We persevere, display our aggression and never give up. I decided to attack the problem head on and waged war from morning till night, hiding in corners with a wooden club in my hands, waiting in case one of the animals passed by.

But one day, a Wednesday, I found a tiger in the kitchen. This really did infuriate me and I realised that enough was enough.

I went in search of the porter's wife, leaping down the stairs four at a time.

---

19 Natural History' (*Historia natural*), first published in *Cròniques...*, 1955.
20 A reference perhaps to Calders' enforced exile in Mexico. If so, the "problem" he can't now recall must be the outcome of the Spanish civil war, an ironic comment which would not have been lost on his contemporary readers.

–Tinc un tigre en el pis! –vaig dir-li.

–Ja? –respongué–. Aquest any s'ha avançat la temporada...

–Ah, sí?

–Sí –diu–. Quan vénen les pluges les femelles cerquen aixopluc en els pisos, per tal de criar. Si no la molesteu, no us farà res. El millor és fer veure que la ignoreu, i sobretot procurar no trepitjar-la. Ben portades, aquestes bèsties encara fan companyia.

–Ah, sí?

–Sí. Només causen molèstia en el moment de donar a llum; però vós mateix podeu vigilar-la i quan comprengueu que s'acosta l'hora us n'aneu a passar un parell de dies a l'hotel. L'amo us rebaixarà del lloguer del pis la despesa que fareu en aquest sentit.

Vaig emprendre el retorn al pis amb el cap cot, ple de pressentiments. Quan era a mitja escala, la portera va cridar-me:

–Oblidava recomanar-vos que li feu un jaç de palla a la cuina, i –d'això feu-vos-en ben bé càrrec– que li tingueu sempre una galleda d'aigua neta a punt.

EL NEGOCI DE LA LLET
–Si ens volen col.lectivitzar, plantarem cara.
–Sí. I donarem el pit.

5. *L'Esquella*, LXI (1937), p.324

'There's a tiger in my apartment!' I told her.

'Already?' she replied. 'They have arrived early this year.'

'Oh, really?'

'Yes' she said. 'When the rainy season starts the females take shelter in the apartments while they have their cubs. If you don't disturb her she won't hurt you. The best thing is to ignore her and, whatever you do, try not to tread on her. If you treat them right these creatures can even be good company.'

'Oh, really?'

'Yes. They're only dangerous while they're actually giving birth; but you yourself can keep an eye on her and when you see her time has come you could go to a hotel for a couple of nights. The owner will reduce your rent to reimburse your expenses. I started back to my apartment full of gloom and foreboding. When I was half-way up the stairs the porter's wife called out to me:

'I forgot to tell you, make up a bed of straw for her in the kitchen, and take great care that she always has a bucket of clean water ready nearby.'

9. L'ARBRE DOMESTIC

En aquesta vida he tingut molts secrets. Però un dels més grossos, potser el que estava més en pugna amb la veritat oficial, és el que ara trobo oportú d'explicar.

Un matí, en llevar-me, vaig veure que en el menjador de casa meva havia nascut un arbre. Però no us penseu: es tractava d'un arbre de debò, amb arrels que es clavaven a les rajoles i unes branques que es premien contra el sostre.

Vaig veure de seguida que allò no podia ésser la broma de ningú, i, no tenint persona estimada a qui confiar certes coses, vaig anar a trobar la policia.

Em va rebre el capità, amb uns grans bigotis, com sempre, i duent un vestit l'elegància del qual no podria explicar, perquè el tapaven els galons. Vaig dir:

–Us vinc a fer saber que en el menjador de casa meva ha nascut un arbre de debò, al marge de la meva voluntat.

L'home, vós direu, es va sorprendre. Em va mirar una bona estona i després digué:

–No pot ésser.

–Sí, és clar. Aquestes coses no se sap mai com van. Però l'arbre es allí, prenent llum i fent-me nosa.

Aquestes paraules meves van irritar el capità. Va donar un cop damunt la taula amb la mà plana, va alçar-se i m'agafà una solapa. (Allò que fa tanta ràbia.)

–No pot ésser, dic –repetí–. Si fos possible això, seria possible qualsevol cosa. Enteneu? S'hauria de repassar tot el que han dit els nostres savis i perdríem més temps del que sembla a primer cop d'ull. Estaríem ben arreglats si en els menjadors de ciutadans qualssevol passessin coses tan extraordinàries! Els revolucionaris alçarien el cap, tornarien a discutir-nos la divinitat del rei, i qui sap si alguna potència, encuriosida, ens declararia la guerra. ¿Ho compreneu?

–Si. Peró, a despit de tot, he tocat l'arbre amb les meves mans.

–Apa, apa, oblideu-ho. Compartiu amb mi, només, aquest secret, i l'Estat pagarà bé el vostre silenci.

Ja anava a arreglar un xec quan es mobilitzà la meva consciència. Vaig preguntar:

9. THE DOMESTIC TREE[21]

I have had many secrets in my life. But one of the biggest, possibly the one which most strongly contradicted the official version of the truth, is the one I'd like to tell you now.

One morning on getting up I discovered that a tree had sprung up in my dining room. But don't be deceived: this was a real tree with roots that stuck to the floor tiles and branches that pressed against the ceiling.

I immediately discounted the possibility that this was somebody's practical joke and, having no loved one in whom I could confide such things, I went to the police.

The inspector who interviewed me had the usual impressive moustache; I cannot describe the elegance of his suit since it was hidden beneath his uniform stripes. I told him:

'I have come to report that an authentic tree has grown up in my dining room at home, quite despite my wishes.'

The man, as you would expect, was surprised. He regarded me for a good while and then said:

'That's impossible.'

'Of course it is. One never knows how these things come about, but the tree is definitely there, blocking out the light and getting in my way.'

These words irritated the inspector. He slapped his hand down on the table, stood up and grabbed me by the lapels (the kind of behaviour that always makes one so angry).

'I said, that's impossible.' he repeated. 'If this thing were possible, anything would be possible. Do you understand? We would have to reassess everything our experts have told us and we would end up wasting far more time than you'd have thought possible. A fine state we'd be in if such extraordinary things happened in ordinary citizens' dining rooms! Revolutionaries would raise their heads, they'd start arguing with us all over again about the divine right of kings. And you never know, some eager Power might declare war on us. Now do you understand?'

'Yes. But in spite of all that, I've touched the tree with my own hands.'

'Come along now, sir, forget it. Let's just you and me share the secret and the State will amply reward your silence.'

He was on the point of arranging a cheque when my conscience sprang into action. I asked:

---

21   The Domestic Tree' (L'arbre domestique), first published in Croniques..., 1955.

–Que és d'interès nacional, això?

–I tant!

–Doncs no vull ni un cèntim. Jo per la pàtria tot, sabeu? Podeu manar.

Al cap de quatre dies vaig rebre una carta del rei donant-me les gràcies. ¿I qui, amb això, no es sentiria ben pagat?

–Redena! La meva glòria m'enganya...

6. *Meridià*, No. 51 (December 1938), p.8

'Is it in the national interest, all this?'

'Of course it is!'

'Well, in that case, I won't take a penny. For the Fatherland, you know, I'll do anything. At your disposition.'

Four days later I received a letter from the King thanking me. And who would not feel well rewarded by that?

—Que veniu del cel?
—Ca! Me n'hi vaig...

7. *La Revista dels catalans d'Amèrica*, No. 2 (November 1939), p.75

10. L' "HEDERA HELIX"

No heu experimentat mai la tendresa que poden desvetllar les petites atencions? Jo sí, i me n'he hagut de penedir sempre.

Triant un exemple qualsevol, a l'atzar, se m'acudeix el que em va passar amb una amiga. En una ocasió, per donar-me una sorpresa, em va preparar un dels plats que m'agradaven més, i al final de l'àpat va allargar-me un paquet que contenia na corbata arrogant. Sí, ja sé que el qualificatiu causa estupor, però em vaig passar setmanes cercant-ne d'altres, i després de tot aquest és el que em va semblar bo.

El que succeí fou que no era el meu sant, ni feia anys ni celebrava cap festa meva, i, per molt que em dolgui confessar-ho, la delicadesa d'ella m'entendrí. I això a despit del color de la corbata i de l'aprenentatge que exerceixo, de fa anys, per tal d'aconseguir una ideal solidesa de caràcter.

L'endemà (com que ja tenia el propòsit fet) me'n vaig anar al mercat de flors. La nit abans havia dedicat hores de les de dormir a triar obsequis que anessin bé, i, per molt que costi de creure, la resolució darrera fou en el sentit de comprar una planta grimpadora, perquè la meva amiga tenia un jardí interior, amb un dels quatre vents limitat per una paret que em desplaïa. Recònditament, la idea era mostrar sol.licitud i al mateix temps conspirar contra el mur, que moriria ofegat per l'herba.

Els meus coneguts ja saben que sóc pacient en les coses que mereixen paciència, però que en els altres casos acostumo a portar pressa. En el cas de la planta em va semblar des del principi que no hi podia perdre temps, i ho vaig dir així al venedor, que em va ensenyar la seva mercaderia.

–Aquí en teniu una que creix en tants dies.

–Ui, no! La que desitjo ha d'ésser més ràpida.

–Aquella de l'extrem triga la meitat.

–Encara és massa.

El florista em va mirar durant una estona, i després afirmà que allò constituïa una demanda especial ("rara", em demanà que li permetés de dir). M'aconsellà que veiés una parada de plantes difícils, prop d'allí, i, seguint la recomanació, al cap d'un moment provava de fer-me entendre en un altre lloc.

–Tinc el que voleu –digué el comerciant–. Però la llei em priva de vendre aquesta mena de plantes sense que el client accepti la plena responsabilitat de la compra. Si esteu disposat a signar uns papers...

Jo ho estava, és clar, i vaig omplir uns formularis oficials. Després, el venedor sembrà llavors en un test i em va demanar que em fixés en la superfície de la terra, la

10. HEDERA HELIX[22]

Have you ever felt that tenderness aroused by little personal attentions? I have, and have always been made to suffer for it.

Choosing an example at random, I remember an incident involving a girlfriend of mine. One day, as a surprise, she cooked one of my favourite dishes and at the end of the meal gave me a box containing an arrogant tie. Yes, I know that adjective sounds odd, but I spent weeks trying to think of a better one and, in the end, arrogant seemed the most appropriate word.

It wasn't my Name-day, or my birthday; nor was I celebrating anything in particular. So although loathe to admit it, her delicate gesture warmed my heart. And all this despite the colour of the tie itself, and my efforts over many years to project an image of sobriety and decorum.

The next day (having made up my mind) I went to the flower market. I had spent a sleepless night trying to think of presents suited to the occasion and, odd as it might sound, I finally resolved to buy her a climbing plant. My girlfriend had a patio garden and one of its four sides was bounded by a wall I hated. My devious plan was to demonstrate my affection and at the same time to conspire against that wall, which would be suffocated by the plant.

My friends already know that I am patient when a thing merits patience, but that on other occasions I can be hasty. As I explained to the vendor who showed me his merchandise, I had no time to lose when it came to this plant.

'Here's one that sprouts in a few days.'

'That's no good! Mine has to be faster than that.'

'That one at the end takes half as long.'

'That's still too slow.'

The florist regarded me for a while, then said:

'What you need is a special order; one of the "rare" species, if I may say so.' He advised me to visit a shop nearby which sold unusual plants. Following his directions I found myself a few moments later trying to make my needs understood in another shop.

'I've got the very thing' said the shopkeeper. 'But I'm forbidden by law from selling this kind of plant unless the customer accepts full responsibility for the purchase. If you are willing to sign a couple of forms...'

Needless to say, I agreed, and filled out the official paperwork. Then the shopkeeper sowed some seeds into a flowerpot and told me to watch the surface of

---

2 Hedera Helix', first published in *Croniques...*, 1955.

qual començà a inflar-se en dos o tres llocs i s'obrí en esclats minúsculs per a donar sortida amb un zumzeig perceptible a uns quants brots de color verd.

–Això és el que vull. Quin nom té?

–Oh, és una variant poc coneguda de l'"Hedera Helix".

Convinguérem el preu i, abans d'anar-me'n, aquell home em digué que, si vivia lluny, seria bo que no m'entretingués pel camí.

Agafava el test amb les dues mans i me'l premia contra el pit, mentre aprofitava el retorn per a imaginar-me l'alegria de l'amiga.

Fora del mercat, hi havia un home que ballava damunt de vidres trencats, i, això, no m'ho deixo perdre mai. Me l'estava mirant, quan vaig sentir que l'heura m'arribava al rostre, i creixia fent una bonior de vol d'abelles que em produí alarma. Les fulles s'arrapaven a la cara i molestaven, fins al punt que, en enfilar-se pel pavelló de l'orella, em privaven d'una audició normal.

Aleshores em vingueren ganes de contractar un taxi, però els taxistes –amb l'instint sinistre que és tan seu– s'adonaven del que m'ocorria i fixaven tarifes elevades. Irritat, vaig canviar d'idea, optant per emprendre una carrera amb totes les meves forces.

Recordo que, en passar per davant d'una catedral, la planta em va impossibilitar els braços. Jo no aguantava el test amb les mans, sinó que el sostenien les fulles que se m'anaven adherint al cos. De totes maneres era igual, perquè el test va resistir menys que no pas jo: s'esquerdà de sota i sortiren les arrels, que començaren a resseguir-me les cames per buscar la terra amb avidesa.

Poc abans d'arribar a la casa (ja la podia veure), els rebrots em van privar tant de moviments, que havia d'avançar fent salts amb els peus junts. Bellugava els músculs de la cara amb desesperacío, per desviar el curs de la creixença i evitar que la seva nosa em tapés els ulls.

Quan ja era gairebé a la porta, les arrels arribaren a terra i s'hi van clavar convertint-me en una mata d'herba. Un manyoc de tiges es va dividir sota la meva barba, pujà la meitat per cada galta i en arribar al cap s'uní novament i va trenar-se de manera que em va serrar de dents i no podia emetre cap so.

A través de les clarianes que deixaven les fulles, esbatanava la mirada, que era l'única cosa que podia fer. Imagineu-vos el meu estat d'esperit en descobrir la meva amiga que tornava a casa, després de la seva hora de compres.

Ella va veure la inusitada capa de verd, i m'identificà per la corbata (que sobresortia de la planta). Va acostarse'm, em va amenaçar amorosament amb una mà i servint-se d'aquella veu dolça que m'enamorava tant digué:

–Baixa de l'arbre, grandolàs! ¿No veus que ja no tens edat per a aquestes coses?

the compost. It began to swell in two or three places, broke open with tiny explosions and began giving out an audible hum and several green shoots.

'That's exactly what I want. What's it called?'

'Oh, its a little known variety of "Hedera Helix".'

We agreed on a price and, before leaving, the man told me that if I lived far away it would be best if I didn't dawdle on the way home.

With the flowerpot pressed close to my chest with both hands, I began the return journey, imagining how happy my girlfriend would be.

Outside the market there was a man dancing on broken glass, a spectacle I never can resist. While I was watching him I felt the ivy touch my face, buzzing like a swarm of bees as it grew. This alarmed me. The leaves tickled as they gripped at my face, then clambered round my ear, restricting normal hearing.

I was seized by the urge to take a taxi, but all the cab drivers – with that sinister instinct they have – saw my predicament and quoted astronomical fares. Annoyed, I changed my mind and opted to run for it as fast as I could.

I remember that as I passed in front of the cathedral the plant pinioned my arms. I was no longer carrying the flowerpot; instead it was supporting itself by its leafy tendrils adhered to my body. Anyway, it was all the same in the end since the pot gave out before I did: the base split open and out came the roots which began to grope their way down my legs, avidly seeking the earth.

Just before I reached home (I had it within sight), the shoots so restricted my movements that I could only progress by hopping. I contorted my face muscles in a desperate attempt to alter the direction of the plant's growth and prevent it from blocking my eyes.

When I was almost at the front door, the roots reached the ground and dug themselves in, converting me into a hedge. A bunch of stems divided themselves under my chin, half came up over each cheek and on arriving at the top of my head they united again and intertwined, forcing me to clench my teeth so that I could not utter a sound.

Through the gaps in the leaves I stared out, since this was now the only thing I could do. Imagine my state of mind when I saw my girlfriend returning home with her shopping.

She saw the unexpected greenery, and identified me by my tie, which protruded from the plant. She came up to me, smacked me playfully and said, in that sweet voice which so infatuated me:

'Come down out of that tree you big baby! Don't you think you're a bit old for such games?'

11. L'ESPIRAL

«Si es col.loquen les fitxes d'un joc de dòmino dretes, una enfront de l'altra, i es fa
caure la d'un extrem en direcció a les seves companyes, cauen totes.»   Anònim

Un procés de síntesi laboriós i pacient va portar la civilització occidental a la màxima esplendor: prement un botó, es podia destruir totalment la Terra, en el lloc de la qual quedaria una nebulosa el.líptica. No era gratuït afirmar que la desintegració afectaria també el planeta més pròxim a nosaltres, que veuria probablement oscada la seva silueta sideral. Això es considerava, no caldria dir-ho, de més a més, com un resultat sentimental destinat a fer més suportable el cost fabulós de l'operació.

El doctor Robins, el savi que havia contribuït més que cap altre al triomf de l'esperit sobre la matèria, va dir en un sopar d'homenatge «que la ciència ens havia donat la força. Calia, aleshores, servir-se'n d'una manera intel.ligent.» El misteri d'aquestes paraules predisposà a favor els assistents, que aplaudiren mentre pensaven, amb una certa aprensió, si no es farien pesats invocant tan sovint la intel.ligència sense ajudar-se'n.

El govern va ordenar la construcció d'un edifici especial, on hi havia tot un pany de paret amb l'escut del país, i a sota, el botó, que era de color vermell. El color no era pas producte de l'atzar, i fou triat després de llargs debats, en el curs dels quals el prestigi i la tradició del roig, relacionat eficaçment amb el perill, s'imposaren per damunt d'altres colors, més elegants però més frívols.

El botó constituí de seguida un motiu de desfici nacional. Així que fou connectat al conjunt d'enginys destinats a liquidar la vida tal com la coneixem, la gent ja no dormí com abans i, en general, s'aprimà. Un alt funcionari expressà la seva opinió en el sentit que calia exercir una vigilància constant prop del botó i que, en època d'eleccions o durant les diades propenses a l'alegria popular, seria prudent desconnectar-lo. Això darrer no trobà el suport que hauria pogut esperar-se, però tothom convingué que la vigilància era necessària. Però qui la tindria a càrrec seu? Per eliminació, lenta i meditada, s'arribà a l'acord en ferm que la persona més adequada (potser l'única) per a no perdre el botó de vista, era el doctor Robins. El doctor refusà tenaçment l'encàrrec, fins que li arribà en forma d'ordre terminant: li concedien vint-i-quatre hores per a traslladar-se a viure al costat del botó, trencant amb la família i els amics. El document comminatori, impregnat d'una subtil

11. THE SPIRAL[23]

"If you stand a set of dominoes on end, one in front of the other, and you push the last one towards its companions, they all fall down."   Anonymous

A laborious and patient process of evolution had brought western civilization to the pinnacle of its achievements: by pressing a single button it was possible utterly to destroy the Earth, leaving just a swirling haze in its place. Also worth mentioning was the effect the explosion would have on our nearest planet, which would probably find its starry silhouette somewhat dented in the process. This fact was of course deemed irrelevant, a sentimental result intended to justify the enormous cost of the enterprise.

Doctor Robins, the specialist who had contributed most to the triumph of mind over matter, said at a dinner given in his honour that "science had given us power. Now it was up to us to use it in an intelligent way." Those present appreciated the enigma enshrined in these words and while they applauded the doctor they were a little worried as to whether it was pedantic of them to invoke intelligence so often without actually employing it themselves.

The government commissioned a special building in which an entire wall was given over to the country's national emblem, with the button (which was red) underneath it. The colour was no product of chance, and was chosen only after long debates in which the prestige and the tradition of red, together with its usual association with danger, took precedence over other colours which were more elegant but also more frivolous.

Before long the button became a source of national unrest. As soon as it was connected to the ingenious apparatus designed to exterminate life as we know it, people no longer slept as soundly as before and generally began to lose weight. A senior minister was of the opinion that a constant watch ought to be kept over the button and that it would be prudent to disconnect it during elections and on public holidays. Whilst this last suggestion didn't find much support, everyone agreed that vigilance was necessary. But who should be made responsible? After a weighty and long-thought-out process of elimination, all agreed that the most appropriate person (possibly the only one) who would not lose sight of the button was Doctor Robins. The doctor resolutely refused the assignment until an ultimatum reached him: he was given twenty-four hours to leave his family and friends and take up residence next to the button. The clause-filled document giving the order was couched in subtle

---

23   'The Spiral' *(L'espiral)*, first published in 1955, then in *Tots els contes*, 1968.

literatura oficial, era ple de previsions. El savi gaudiria d'una còmoda instal.lació: pràcticament no li faltaria res. Els seus llibres, el seu laboratori, els seus inestimables documents i llibretes d'apunts, tot allò que podia ésser grat a la seva condició d'investigador, estaria a prop d'ell i, a més, podria demanar qualsevol cosa requerida pels seus treballs. Amb tot, entre paraula i paraula, sense dir-ho d'una manera clara, però proporcionant els elements perquè el seny ho endevinés, es deixava entendre que el doctor seria presoner, un gran i respectat captiu al servei de la pàtria. Per atenuar, potser, l'efecte depriment d'aquesta situació, el govern garantia al doctor Robins la veritable llibertat, la que preval per damunt de totes les altres, sobretot entre els savis: la llibertat de pensament. És clar –s'afegia– que el govern esperava que, segons quines coses, el doctor procuraria no pensar-les.

La instal.lació fou realitzada tenint en compte els requeriments del confort modern, però sempre amb una murrieria tendenciosa. La gran peça no va ésser dividida amb envans que separessin les dependències, sinó que tots els mobles i els útils necessaris al doctor es podien abastar d'un cop d'ull. En realitat, el que es pretenia era que el científic, en qualsevol moment del seu viure quotidià, tingués a tret de la mirada el botó vermell; que mai cap paret no el privés de veure'l. Amb això havien perseguit una finalitat psicològica que es pot penetrar fàcilment. El botó era il.luminat per un reflector de llum blavissa i un mecanisme brunzidor, i a intervals regulars feia un soroll tènue però obsessionant, destinat a alliberar el doctor de perilloses abstraccions.

Sense el principi ordenador dels murs, tot apareixia confús i barrejat: a l'esquerra hi havia un llit, una petita taula i un armari, i seguint cap a la dreta en un moviment circular per resseguir la planta hexagonal de l'estança, hi havia més taules de menjador, de despatx, de laboratori; butaques, llibreries, cavallets amb pissarres, alguna cadira i un gran nombre de papereres.

És fàcil de comprendre que, un cop passada la il.lusió de la novetat, el doctor Robins es va adonar que no era feliç. De dia procurava distreure's bonament, vagant o treballant, però les nits eren terribles. El feia víctima un malson que es repetia tossudament: somniava que, caminant de puntetes, s'acostava al botó i el premia amb el colze. En el somni es veia sempre a si mateix amb un somriure sardònic que, quan hi pensava en estat de vigília, trobava odiós.

Com a persona assabentada i coneixedora, temia l'obscur mecanisme dels reflexos entre el somniar i l'estar despert. El paroxisme d'aquesta por el dominà una nit que va despertar-se per haver ensopegat amb un tamboret, en el curs d'un fressejar inconscient pel laboratori. Va sorprendre'l la seva imatge (no podia dir clarament si recollida per un mirall o per la superfície d'una ampolla) amb el somriure aquell i el colze alçat.

De bon matí va telefonar al president. Havien instal.lat un telèfon amb els colors nacionals, col.locat en una petita taula, sobre mateix del botó. La línia era directa i

officialese. The specialist would enjoy comfortable surroundings: he would want for practically nothing. His books, his laboratory, his priceless documents and notebooks, all that a research scientist could desire, would be close at hand. He could also request anything he needed for his work. Even so, reading between the lines it was clear that the Doctor would be a prisoner, a glorious and respected captive in the service of his country. Perhaps to alleviate this depressing state of affairs the government guaranteed Doctor Robins true liberty of the kind which is prized above everything else, especially among intellectuals: freedom of thought. Mind you, the government added, there were some things it hoped the doctor would try not to think about.

The building work was carried out with regard for modern convenience, but also revealed a cunning ulterior motive. There were no partition walls dividing up the large room. Instead, all the furniture and fittings the doctor needed were immediately visible, the obvious intention being that he should at all times have an unimpeded view of the red button. No wall must ever obstruct his vision. They had also resorted to a simple psychological strategy. The button was lit by a bluish light and an alarm mechanism emitted a low but insistent buzzing at regular intervals. This was to free the doctor from dangerous distractions.

Without the order that walls impose, things looked jumbled and confused. On the left was a bed, a bedside-table and a wardrobe. Continuing round to the right in the hexagonal room there were more tables for dining, for the office, and for the laboratory. There were armchairs, bookcases, blackboards on easels, the odd stool and a great number of waste paper baskets.

It is easy to see why, after the initial novelty had worn off, Doctor Robins realised he wasn't happy. By day he tried to distract himself as best he could, roaming around or working, but the nights were ghastly. He was plagued by a stubbornly recurring nightmare: he dreamed that he approached the button on tiptoe and pressed it with his elbow. In the dream he always saw himself grinning sardonically in a way he found loathsome when he was awake.

Being a wise and intelligent man, he feared the mysterious workings of the subconscious between sleeping and waking. One night he was overcome by a paroxysm of fear when he awoke because he had tripped over a stool while sleep-walking around the laboratory. His reflection confronted him (he wasn't sure whether he had seen it in a mirror or in a bottle), wearing that smile and with his elbow raised.

First thing next morning he called the President. A telephone, painted in the national colours, had been installed on a little table immediately above the button. It

privada i obeïa al designi d'aconseguir que només el president, sense intermediaris, pogués donar l'ordre de fer desaparèixer el món quan ho cregués oportú i desitjable.

Per aquest telèfon, doncs, el doctor parlà amb la primera autoritat de la nació i va dir-li que alguna cosa difícil d'explicar s'estava escapant del seu control. Li suggerí que el rellevés, substituint-lo per una persona que pogués demostrar un gran domini sobre els seus nervis.

Va suscitar-se una polèmica que interessà tot el país. La gent, l'opinió de la qual podia determinar alguna cosa, es dividí en dos sectors: els uns creien que el doctor Robins havia d'aguantar fins al final (ja que estava massa compromès en l'experiència) i els altres opinaven que era més raonable accedir a la seva petició i canviar-lo. Entre els primers es distingí de seguida un jove coronel d'estat major que, amb la seva eloqüència, va cavar-se ell mateix una trampa mortal. Aquest militar, de dots brillants i d'una dedicació castrense exemplar, havia conquistat fama internacional guanyant i conservant llargament dos campionats mundials de tir amb pistola, en les especialitats de blancs mòbils i immòbils. Ultra això, era impetuós i convincent. Quan prenia partit, amplis sectors d'opinió s'inclinaven a favor seu.

El popular campió es posà d'aquesta manera –en cert sentit el dirigí– al costat del grup inclinat a fer que el doctor prosseguís la feina començada. En el fons, per al coronel, es tractava d'un simple matís de criteri; però com passa sovint en coses que se senten d'una manera superficial, s'entestà a expressar-ho calorosament i a adoptar una posició agressiva.

Aleshores, un diputat del nord donà al país una solució modèlica: el doctor Robins seguiria tenint cura del botó, però haurien de vigilar-lo a ell. Per l'interès demostrat en els debats, l'hàbil polític proposà que fos el coronel l'encarregat del nou servei, i el president aprovà la iniciativa.

Fou construït un pavelló rectangular adossat a la planta hexagonal i s'obrí una finestra reixada entre les dues peces. En aquesta ocasió, el coronel no tingué oportunitat d'explicar les seves preferències. Sense fer-se ben bé càrrec del que li passava, va trobar-se també presoner de qualitat al servei de la pàtria i d'una idea universal. De cara als barrots de la finestra, amb el seu món sensible limitat a les anades i vingudes del doctor (i una pistola de precisió a l'abast de la mà per si el científic requeria els seus serveis), el jove militar temia de vegades haver fet un mal pas. Les ordres eren terminants: si el doctor Robins s'acostava al botó amb l'aire d'accionar-lo sense haver rebut indicacions del president, el coronel estava obligat a tirar-li un tret al clatell, fulminant-lo.

Per la naturalesa mateixa de la comissió, les relacions entre els dos homes van ésser fredes des del principi. Encara, el militar provà alguna vegada de lligar

was a direct and private line so that only the President, without intermediaries, could give the order to make an end to the world when he believed such a move to be opportune and desirable.

Using this "hot-line" the doctor spoke to the nation's leader and told him that things were getting out of control. He asked to be relieved of his post and be replaced by someone with steadier nerves.

The ensuing debate caught the popular imagination. Opinion-makers were divided in two schools of thought: one faction felt that Doctor Robins ought to put up with it for life (since he was already so deeply involved in the enterprise), while the other thought it more reasonable to grant his request and replace him. One man who immediately distinguished himself within the first group was a young staff Colonel who fatally trapped himself through his own eloquence. Brilliantly talented and with an exemplary record, this army officer had achieved international renown by winning, and for a long time retaining, two world championships in pistol shooting at both moving and stationary targets. He was also forthright and convincing. When he joined the debate large sectors of public opinion were swayed by his views.

This popular champion carried the day – to some extent he led public opinion – allied with the group which wanted the doctor to finish the task he had started. For the Colonel, it was only a matter of slight preference in the end, but as so often happens with superficially-held ideas, he made a point of getting worked up and arguing the issue aggressively.

Then a Senator from the north gave the country a perfect solution: Doctor Robins would continue to take charge of the button, but would himself have to be watched. The wily politician suggested that, in the light of the interest he had taken in the discussion the Colonel should undertake the new duty, and the President gave his approval.

They built him a rectangular room next to the hexagonal room, with a barred window connecting the two. This time the Colonel had no opportunity to express his preferences. Before he knew what was happening he found that he too had become an illustrious prisoner in the service of his country and a universal ideal. With his face pressed against the window bars and his visible world restricted to the comings and goings of the doctor (and a precision revolver at the ready in case its services were required by the scientist), the young officer sometimes feared he had made a big mistake. His orders were unequivocal: if Doctor Robins approached the button looking as though he meant to push it, without prior instruction from the President, the Colonel was to shoot him in the back of the head.

From the outset the nature of this commission strained the relationship between the two men. The army officer did try on one or two occasions to strike up a

conversa, però el doctor es limitava a saludar-lo secament i, molt sovint, amb un simple gest de la mà.

Cal acceptar que, per tractar-se d'un estat on la tècnica i la previsió dominaven, les coses foren organitzades amb mètode. Per exemple, el coronel podia dormir a les nits, perquè four ideat un dispositiu que, en el cas que el doctor's s'apropés massa a l'àrea del botó, s'engegava automàticament una sirena. Per altra banda, a fi que no es produïssin confusions que ni tan sols no deixarien temps de lamentar-se, hi havia un joc de fanals que s'encendrien en el moment que el primer magistrat utilitzés el telèfon per a donar l'ordre definitiva. Aquesta preocupació d'una gran democràcia per a evitar pèrdues de vides invita a adoptar una actitud sedant. Potser és una despesa de temps no necessària advertir que el president també era vigilat, amb discreció, valent-se de múltiples artificis i disfresses, de tots els quals fingia no adonar-se. I que els vigilants del president, al seu torn, se sotmetien amb resignació i disciplina a una altra vigilància controlada.

Com era presumible, van arribar aviat el dia i l'hora que portaren el coronel a un carreró de mortal avorriment. Més o menys, el savi s'enganyava amb les seves meditacions, però el jove, acostumat a l'acció i a la verbositat brillant, llanguia. Per als presoners reals, passar gana constitueix una distracció que no té preu; però el militar estava sol.lícitament nodrit, i a més, com que no sentia la privació de llibertat sinó com el pes d'una alta missió, no podia tenir l'ajut del ressentiment i els propòsits de venjança que aparenten escurçar les llargues condemnes.

Tot el que podia fer-se amb les mans en el sentit de moure-les i mirar-se-les; tabalejar amb els dits damunt de taules i cadires, gratar-se per passar l'estona, picar de palmells i altres coses que l'enginy aconsellés, li omplia escassament mig matí, allargant-ho molt. Després, venia per a ell la resta d'un dia més llarg que els que coneixem nosaltres, on petites iniciatives el feien arribar amb prou feines a la nit.

Un dia, en el curs d'un joguineig irreflexiu, va agafar la pistola i, apuntant-lo, seguia les anades i vingudes del doctor a través de la mira. Però quan l'il.lustre investigador va adonar-se'n, s'encolerí i li digué que li prohibia en sec aquell tombant del seu oci. Llavors el coronel –amb un gest d'entossudiment reforçat per l'íntima convicció que no feia mal a ningú– seguí amb l'arma a les mans apuntant coses inanimades, com flascons de laboratori, tubs d'assaig, barrots de cadira, el retrat de l'esposa del doctor que hi havia damunt la tauleta de nit i altres objectes que incitaven la prova de la seva habilitat de tirador. De sobte es trobà prenent per punteria el botó vermell. Degut a la seva petitesa i a la il.luminació teatral que el feia sobresortir entre tot el que el voltava, la petita rodona roja semblava a l'home d'armes un autèntic blanc de concurs. Més, encara: en aquells moments creia amb honradesa que hauria estat difícil trobar una millor diana olímpica. S'aguantava el respir perquè no li tremolés el pols i amb el dit índex sobre el gallet feia front a una de les temptacions més grosses de la seva vida. Ja tenia el canó a través de les reixes

conversation, but the doctor confined himself to a dry greeting and often just waved his hand.

You have to understand that, this being a nation where technology and planning ruled supreme, everything was well-organized. For example, the Colonel was able to sleep at night because someone had designed a device that triggered an automatic siren if the doctor went too close to the button. On the other hand, in order to avoid mistakes that would have been too rapid even to be lamented, a set of lights would come on the moment the head of state telephoned to give the final order. It is indeed reassuring to see a great democracy taking such care to avoid unnecessary loss of life. It's hardly necessary to add that of course the President was also watched surreptitiously by means of innumerable artifices and subterfuges which he pretended not to notice. And the President's watchdogs submitted in their turn with resignation and good discipline to a similar surveillance.

As you may suppose, the day and the hour soon arrived when the Colonel became bored to death. The intellectual could more or less distract himself with his theories but the younger man, accustomed as he was to action and brilliant oratory, languished. Real prisoners find hunger is an invaluable distraction, but the army officer was well-nourished. Moreover, feeling his loss of liberty to be bound up with his role in an important mission, he couldn't even draw consolation from feelings of resentment or longings for revenge, something which prisoners serving long sentences apparently find help to pass the time.

He did everything imaginable with his hands in the way of moving them and looking at them, drumming his fingers on the tables and chairs, scratching himself occasionally, clapping and anything else that occurred to him. All this took up half a morning at most. Then he would face the rest of a day that was longer than the ones we know, where little pastimes saw him through with great difficulty to nightfall.

One day he was mindlessly playing around when he picked up his pistol and took aim at the comings and goings of the doctor. When the famous researcher became aware of this he was furious and categorically prohibited this new development in the Colonel's leisure pursuits. The Colonel pulled a face, convinced that he wasn't doing anybody any harm, and went on sighting his weapon at inanimate objects like laboratory flasks, test-tubes, chair-rungs, the portrait of the doctor's wife on the bedside table and other objects presenting a challenge to his marksmanship. Suddenly he found himself aiming at the red button. Because of its small size and the theatrical lighting, the little red circle stood out from its surroundings and seemed to the man of arms a very convincing competition target. Moreover, it was his honest belief at that moment that a better olympic bullseye would have been hard to find. He held his breath in order to steady his pulse and, with his index finger covering the trigger, faced up to one of the greatest temptations of his life. He already had the pistol barrel between the bars of the window when, luckily for

de la finestra quan, per sort de tots, reprengué el seu enteniment habitual. Això no obstant, li fou impossible aconseguir-ho sense sofrir un xoc. La visió del que anava a fer, la conseqüència tan generalitzada que hauria tingut el seu acte, li ocasionaren una esgarrifança i el front se li va omplir de suor. Llençà la pistola (per cert, a l'altra banda de la finestra, a la peça hexagonal) i es tapà el rostre amb les mans.

Quan sentí caure l'arma, el doctor –que alguna cosa havia intüit– va posar-hi un peu al damunt, l'apartà lluny d'un cop i va córrer a telefonar al president.

Altra vegada es produí un debat. El coronel confessà que la prova havia estat superior a la seva sang freda i va demanar que li donessin una altra comissió en la qual no calgués estar-se tantes hores quiet. El diputat ja conegut insistí en els seus punts de vista. Les obres començades, deia, s'havien d'acabar per la mateixa gent. Tots els compromesos sabien massa coses, estaven afeixugats per l'excés de transcendència que de vegades pren la vida senzilla i plana. Breu: una solució bona i definitiva sempre reclama noves víctimes, i el diputat veié com la seva pròpia raó el collava. Va rebre una comunicació del govern nomenant-lo vigilant del coronel. Per un moment va creure que el salvaria la seva ineptitud total per al maneig de les armes, però els organismes vetllen, i hi ha vegades que ho preveuen tot. Fou disposat que el militar es lligués al turmell dret un cordó elèctric, lleu, però capaç de conduir una alta potència, i el diputat tenia al seu abast un commutador. En el cas que ell comprengués lleialment que el militar es disposava a disparar sense que hagués sonat el telèfon, ni la sirena, o que s'encenguessin els reflectors d'avís, o funcionessin els altres dispositius d'alarma, es comprometia sota jurament a tancar el circuit que, d'una manera ràpida i asèptica, amb una pulcritud modèlica, neutralitzaria (per dir-ho sense caure en necrofília) el primer vigilant del doctor. Ja haurà estat pressentit que fou construïda una habitació per al diputat encastada a la del coronel, i entre l'una i l'altra una finestra com la descrita abans, amb reixes. Així, doncs, la construcció anava adquirint des de l'exterior un aspecte singular.

Degut a les íntimes reaccions de la naturalesa humana, la presència del nou vigilant millorà el tracte entre el doctor i el militar. Com que no tenien gaires coses en comú que els permetessin lligar converses, s'adonaren que un tema que els distreia tots dos era parlar malament del polític, que escoltava amb recel llur xiuxiueig a través del barrots de ferro. Per aquesta causa, o pel que sigui, el diputat també va posar-se nerviós i començà a mirar amb obsessió el commutador elèctric, fins que es cregué obligat, al seu torn, a telefonar al president.

Les grans potències incorren freqüentment en la falta de vivacitat lligada a la monotonia i s'anà repetint el mateix recurs i la mateixa història: nous vigilants i noves construccions unides a les primeres i comunicades entre elles per obertures reixades.

En créixer, el conjunt d'edificacions del botó vermell topà amb la nosa d'un gran transformador relacionat amb l'ambiciós pla i construït anteriorment. En

everyone, he recovered his senses. He was aghast, even so. Realising what he had nearly done, and the enormous consequences his act would have had, horrified him and bathed his forehead in sweat. He threw the pistol away from him (through the window into the hexagonal room, in fact) and buried his face in his hands.

When he heard the weapon fall, the doctor – who realised something was wrong – put his foot on it, kicked it away and ran to telephone the President.

Again a debate ensued. The Colonel confessed that the ordeal had been too much for him and asked to be given other duties in which he need not undergo so many hours of inactivity. The aforementioned Senator reiterated his opinion. Those who had started the work, he said, must finish it. All those involved knew too much; they had been overwhelmed by the enormity of the task which had taken over their simple, uneventful lives. In short, a good and final solution always claims new victims, and the Senator realised that he had argued himself into a corner. He received a government communication naming him as the Colonel's watchman. For a moment he thought he would be saved by his utter ineptitude with weapons, but the establishment takes care of such things and tends to far-sightedness. It was arranged that the army man would tie an electric cable to his right ankle. It was light but capable of conducting a large current, and the Senator was in easy reach of the switch. If he honestly thought the Colonel was going to shoot without the telephone ringing, the siren wailing, the warning lights flashing, or the other alarm devices being triggered, he was under oath to throw the switch which would, in a quick, hygienic and perfectly tidy way, neutralize the doctor's first caretaker (to put it politely). As you will already have guessed from what has gone before, a room for the Senator was built next-door to the Colonel's with a barred window between them. With this, the whole building from outside began to look most odd.

Human nature being what it is, the presence of the new watchman led to an improvement in the relationship between the doctor and the army officer. Although they had few things in common they found the one subject they both enjoyed was denigrating the politician, who listened suspiciously to their murmurings through the iron railings. For this or whatever other reason, the Senator in his turn became nervous and began to gaze obsessively at the switch until he also felt obliged to telephone the President.

Superpowers are often monotonously predictable in coming up with the same old remedy for the same old problem: new watchmen and new constructions were added to the first ones, linked by barred openings.

As it grew, the red button building complex came up against an obstacle in the form of a large power station which had been built earlier as part of the same

conseqüència, els arquitectes encarregats d'anar allotjant els presoners patriotes, traçaren una corba, i després una altra, per salvar un riu; i una altra perquè s'interposava una fàbrica del govern. Així, la primitiva planta hexagonal i el conjunt de peces rectangulars que s'hi afegiren, van anar adoptant una forma espiral i amb aquest nom la gent les batejà: «L'espiral.»

A mesura que creixia l'arquitectura d'alerta, tot el país anava quedant dins l'espiral, i això que era un gran país. I amb poc temps la Terra, que a la seva manera tampoc no era petita, també va veure's entre espirals. No pas, naturalment, de la manera material representada pels maons i el ciment, perquè hi havia els oceans, les muntanyes i els sistemes duaners. Però la figura geomètrica tenia el do de projectar-se impalpablement i, de fet, tothom vigilava.

És difícil d'establir per quina raó la gent, a desgrat d'estar tan desperta i avisada, no era feliç. Era inútil que les autoritats repetissin sense cansar-se que, en el cas de veure amenaçats els principis tan cars a tots, els quedava el daltabaix del botó. Aquesta promesa no els omplia, i els ciutadans tenien, sembla, pressentiments. Els mateixos enamorats festejaven sense perdre de vista l'espiral, encara que fos només amb els ulls de l'esperit. Això donava un posat trist a llurs relacions, tan convenients perquè fins els principis més elevats tinguessin un futur.

En els països freds, de gent més disciplinada per naturalesa, alguns funcionaris van començar a vigilar-se ells mateixos i seguien amb amatent sorruderia els propis pensaments. D'aquesta manera va néixer l'espiral interior, o les espirals, perquè la jeia va estendre's també amb rapidesa i en poc temps cadascú va procurar-se la seva.

L'espiral interior funcionava d'una manera tan senzilla com l'altra, i amb la mateixa esperança d'eficàcia. Al centre hi havia un sentiment patriòtic, vigilat per una idea política, controlada per una preocupació social que, al seu torn, era vetllada per una o més filosofies. Les voltes de l'espiral seguien amb inclinacions per una determinada administració municipal, per sistemes de compra-venda, de recaptacions i alcabales, d'organització familiar. Ací i allà, cadascú hi afegia petits tocs personals per donar un aire més íntim i exclusiu a l'espiral. Algú es feia vigilar les preferències artístiques per les conviccions religioses, o al contrari; i d'altres dibuixaven amb treballs una figura petita, on a base d'esforços i d'exercici reeixien a fer dues o tres voltes, ben bé per no quedar-se sense espires. No caldria dir que cada individu tenia al mig de la seva línia corba indefinida, un botó vermell, simbòlic però amb una oculta força suïcida.

Des d'un punt de vista planetari, doncs, tot estava lligat, tot era previsible i perfecte. Mai com aleshores no hi havia hagut tants de motius per a fer el panegíric del progrés, i amb més raó pel fet que, ben aviat, l'espiral tingué derivacions aèries i submarines. El malestar general es podia atribuir al fet que vigilar, de vegades, produeix excitació. Els diaris provaven de convèncer la gent que la tristesa era aparent, que en realitat es tractava d'una actitud greu i reflexiva i que el que de debò

ambitious project. As a result, the architects responsible for housing the patriotic prisoners incorporated a curve, and then another to avoid a river; and yet another because a government factory was in the way. Thus, the original hexagonal layout and conglomeration of rectangular rooms adjoining it began to take on a spiral form and this was the name the people gave it: "The Spiral".

As the emergency architecture developed, the whole country despite its size found itself falling within the spiral. And in a short time the whole world which, in its own way, was hardly small either, also found itself inside spirals. Not, of course, in the physical sense of bricks and mortar because of the oceans, mountains and frontiers. But the geometric shape had the ability to impose itself imperceptibly so that eventually everybody kept watch on each other.

It is hard to know why the people, though alert and well-informed, were so unhappy. It was useless for the authorities to repeat tirelessly that, in the event of threats against the principles so dear to them all, they had the final solution in the form of the button. This promise did not satisfy people who seemed to be suffering from premonitions. Even lovers did their courting without losing sight of the spiral, metaphorically speaking. It cast a sad shadow over their relationships, which were so necessary for even the most elevated of principles to have a future at all.

In cold countries whose people were by nature more disciplined, some officials began to keep an eye on themselves and pursued their own thoughts with relentless determination. In this way the internal spiral, or spirals, were born since the custom spread rapidly and soon everybody had one.

The internal spiral worked as simply as the other one, and with about the same chance of success. At the centre was a patriotic sentiment, watched over by a political ideal, controlled by a social conscience which, in its turn, was under the observation of one or more philosophies. The twists in the spiral continued with leanings towards certain forms of local government, economic theories, income tax and VAT and family relationships. Here and there individuals would add little personal touches to give a more intimate and exclusive air to their spiral. Some would arrange for their artistic preferences to be watched over by religious convictions, or vice versa; and others, not wishing to be left out, made extra efforts to produce a small spiral which managed to achieve two or three twists. Needless to say, every individual had, at the centre of their spiral a red button which, although symbolic, also held a morbid fascination.

From a global viewpoint, then, everything was interconnected, predictable and perfect. Never before had there been so many good reasons for the public to praise progress and soon there was even more reason with the development of aerial and marine pseudo-spirals. The general malaise seemed to be due to a nervousness sometimes caused by being on the alert. Newspapers tried to convince people that although they thought they were sad, they were in fact only experiencing a serious

importava era seguir vigilant. La Terra s'omplí d'ulls oberts i opacats i d'esperits que feien esforços emocionants per sobreviure a la falta de ventilació.

Habitant l'hexàgon, personatge principalíssim i centre del sistema total i illuminós que acabem de descriure, el savi doctor Robins apuntava en una llibreta personal tots els procediments d'esbarjo i distracció que se li acudien, tenint sempre en compte les obligades parets i la finestra reixada. L'amistat amb el coronel va durar poc, perquè els va donar per plantejar-se problemes relacionats amb les professions respectives i com que ni l'un ni l'altre no els podien resoldre gairebé mai a satisfacció de l'antagonista, van acabar per enutjar-se. Cada vegada més, cultivaren una inclinació introspectiva que donava fertilitat a les seves obsessions.

Però el científic, a desgrat d'ésser, en certa manera, l'home més poderós del món, que tenia al seu abast una força no igualada, se sentia indefens davant la pistola del militar i, pràcticament, no s'assossegava. De nits i tot, en comptes de dormir, discorria mètodes de defensa, alguns dels quals –pel fet de provenir d'un savi tan especialitzat– entendrien per la seva ingènua puresa.

Així i tot, situacions semblants uneixen els homes i els fan coincidir, encara que per altra banda els separin l'educació i la intel.ligència. I el doctor caigué en una solució de presidiari: amb la seva esposa (que el visitava els dijous) ordiren un complot, que culminà quan la senyora va obsequiar-lo amb un pastís de xocolata i crema, a l'interior del qual havia amagat una pistola.

Acaronant la intimitat del seu secret, el doctor estava una mica més tranquil. Com que no podia lliurar-se a entrenaments visibles, feia exercicis mentals de tir i la figura que es forjava d'ell mateix amb l'arma a les mans era astuta i múrria. Idealment, no errava un tret. S'imaginava feinejant pel laboratori, com si no hi toqués, però en realitat amatent i, gairebé al peu de la lletra, amb un ull al clatell. A un costat d'aquest escenari vivificat per la seva fantasia, es bellugava de sobte el vespa del coronel, apuntant-li el pols. En la seva figuració, el doctor es girava com un llamp, mentre es treia la pistola de l'infern de l'americana i disparava. El militar feia una cara d'estupor, però no tenia temps de res. Amb una ferida al bell mig del front, que començava a gotejar-li, queia sense elegància a terra, tot deixant que la seva arma se li escapés del dits.

La repetició seguida d'aquest episodi cerebral procurava al doctor una grata distracció, sense fer mal a ningú. Per altra banda, el coronel no recelava, perquè les seves preocupacions tenien una direcció oposada. El centre dels seus desvetllaments era el diputat, que va arribar a semblar-li una persona odiosa i criminal. El seguia de cua d'ull, i cada vegada que el polític s'acostava al commutador elèctric premia amb força i a punt el revòlver reglamentari.

El legislador deia amb orgull, sempre que podia, que no recordava haver badat mai. Amb quanta més raó aleshores, que les circumstàncies aconsellaven cautela i

and reflective mood and that the most important thing was to keep up the surveillance. The Earth was filled with staring, misty-eyed people whose spirits laboured under the emotional effort of trying to survive without fresh air.

Living in the hexagon, the principal protagonist and centre of the whole brilliant system just described, the wise Doctor Robins, jotted down in a private notebook all the methods of amusement and distraction he could think of, always remembering the obligatory walls and the barred window. His friendship with the Colonel hadn't lasted long after they took to challenging one another with problems relating to their respective professions. Since neither of them could ever resolve these to the satisfaction of the other, they ended up irritating one another. Each became increasingly introspective and this in turn fed their obsessions.

But the scientist, although in one sense he was the most powerful man in the world with an unequalled power at his fingertips, felt defenceless before the army officer's pistol and could seldom relax. Even at night, instead of sleeping he invented methods of self-defence, some of which – by virtue of coming from so specialist a mind – were heart-warming in their ingenuity.

Adverse circumstances unite men in their thoughts, even when their education and intelligence would otherwise divide them. The doctor fell upon a convict's solution: together with his wife (who visited him on Thursdays) he contrived a plot which involved the lady bringing him a present of a chocolate cream cake, with a pistol hidden inside it.

The doctor felt a little better treasuring his secret. Since he could not allow himself visible training sessions he started doing mental exercises in pistol-shooting, and the figure of himself he invented, with the weapon in his hands, was astute and cunning. Ideally, he would never miss a shot. He imagined himself working in his laboratory, seemingly oblivious to everything, but in fact ready for action and with eyes almost literally in the back of his head. Stepping into this fantasy the wily Colonel made a sudden move to shoot him in the head. In his imagination the doctor turned in a flash, drew the pistol from his inside jacket pocket, and fired. The army man looked amazed but had no time to react. With blood beginning to ooze from a bullet hole slap in the middle of his forehead, he fell inelegantly to the floor, his weapon slipping from his fingers.

The doctor found the endless repetition of this mental exercise an agreeable distraction which didn't do anyone any harm. The Colonel, meanwhile, suspected nothing because his own worries were focused in quite the opposite direction. The source of his sleepless nights was the Senator who came to obsess him as a hateful, evil person. He watched him out of the corner of his eye and every time the politician approached the switch he gripped his service revolver firmly in readiness.

Whenever he had the opportunity the legislator was accustomed to proclaiming proudly that never in his recollection had he been caught napping. Since the present

que tenia tantes hores per a cavil.lar, esmolava la seva atenció passant-la i repassant-la per damunt d'un únic propòsit: ésser més llest i ràpid que el guàrdia presidencial que, des d'una de les reixes de la seva cambra, vigilava amb un màuser a les mans que no fes un ús precipitat o fora d'hora del circuit d'alta tensió.

Ara va bé de repetir una coneguda llei: l'home adopta més sovint del que es tem decisions fressades, fins i tot tradicionals; però pel fet d'arribar-hi en virtut de reflexions pròpies se li apareixen subtils, plenes d'originalitat i reveladores d'un esperit sagaç i singular. Pensant, pensant, el diputat va trobar la idea de procurar-se una arma, valent-se de les visites que, cada dimarts, li feia la seva esposa. L'arrodoniment d'aquesta iniciativa va deixar-lo satisfet més enllà de tota ponderació. Durant uns dies, mentre ajustava totes les parts que integraven la seva mica de projecte, es mostrà exultant i ocurrent. Cantava i tot de bon matí, quan s'afaitava, i a les nits no es podia adormir sense formular abans dos o tres pensaments graciosos.

Un dimarts, doncs, la senyora va lliurar-li un pa que ella mateixa havia preparat. Obviament, a dins, hi trobà una pistola carregada i el diputat, en rebre l'obsequi, va somriure perquè –es deia– mai ningú no podia sospitar una manera tan garneua d'armar-se.

Un darrera l'altre, de vegades simultàniament, tots els vigilants tingueren la idea de defensar-se de les persones que, a llur torn, els vigilaven, i així nasqué la vigilància a l'inrevés, cap enfora del botó vermell, i l'espiral fou sol.lícitament vetllada en dues direccions. La farina arribà a escassejar i, durant unes setmanes, senyores amb el posat altiu i compungit de les futures vídues de guerra o de paus no declarades, anaven i venien per l'espiral, portant treballs de rebosteria.

Mimèticament, aquesta segona preocupació s'estengué pels dos hemisferis, com la primera, i el món acceptà una mica més de feixuguesa a canvi de sentir més emparats els principis que de debò comptaven. Els principis sobretot –hom deia–, i els ulls, de tan oberts, marcaven profundes ulleres en els rostres. Ací i allà, alguns precursors s'anaven morint de marriment, però els governants ho atribuïen a la vida sedentària. En tot cas asseguraven que no existien motius per a preocupar-se, o bé que la gent es preocupaven de tan aviciats. Algun fet inclinava a creure interessada aquesta deducció, perquè de tant en tant hi havia governants que es quedaven encantats, en un procés d'idiotització definitiu. Les coses, però, no prengueren mai un caràcter populatxer. Quan la desgràcia es produïa, feien veure que l'afectat havia perdut unes eleccions i el portaven als afores, il.lusionant-lo amb la redacció de les seves memòries.

Sigui com sigui, cal insistir que en tots els punts de la rosa dels vents les essències doctrinals més íntimament lligades amb el progrés i la civilització adquirien una

circumstances demanded alertness and he had ample time for brooding, he kept his wits sharpened by honing them back and forth on a single ambition: to be cleverer and faster than the presidential guard who, through the railings of his own room ensured, with his Mauser, that the Senator did not make a hasty or untimely use of the high voltage circuit.

Let us remind ourselves of a well-known law: more often than is supposed Man reaches the same, traditional, worn-out conclusions. But because he arrives at them as a result of his own deductions he fancies they are subtle, original and characteristic of an intelligent and singular spirit. After much thought, the Senator hit on the idea of asking his wife (who visited him every Tuesday) to procure him a gun. The beauty of this scheme pleased him beyond words. Over the several days it took to adjust all the details of his little plan he looked bright and cheerful. He even sang while shaving in the morning, and at night he couldn't sleep until he had thought up two or three witty ideas.

Thus it was that one Tuesday his wife brought him a loaf of bread which she herself had baked. Predictably, he found a loaded pistol inside it. As he accepted this gift, the Senator smiled at the thought that so cunning a means of arming oneself could not have occurred to anyone.

One after another, sometimes simultaneously, all the watchmen hit on the idea of defending themselves from those who, in turn, guarded them. Thus it was that reverse surveillance was born, radiating away from the red button, as the spiral was meticulously watched in two directions. Flour became scarce when, for several weeks, women with the haughty, remorseful looks of future war-widows or undeclared-peace-widows, came and went along the spiral, carrying their home-made pastries.

This second preoccupation spread by imitation across the two hemispheres as quickly as the first, and the world accustomed itself to moving a little slower in exchange for feeling that the principles that really counted were more secure. Principles before everything, they said, and their eyes became ringed with dark lines from so much staring. Here and there the first people began to die of melancholia, although governments claimed this was merely due to their sedentary lives. To be sure, they issued assurances that there was no cause for alarm, although by now people were worrying purely from habit. Events led some to feel that this explanation contained an element of self interest since, from time to time, governors themselves would be overcome, later slipping into total madness. But these incidents were never widespread.. When such a tragedy occurred it was reported that the victim had lost a few elections and he was removed to the suburbs and his attention diverted with the thought of writing his memoirs.

Even so, I would stress that all world philosophies closely concerned with progress and civilization grew impressively robust. In practice, if a complaint was

robustesa impressionant. Pràcticament, si algú es queixava era per aquesta tendència tan humana de malfiar-se de les coses que, de massa bones, semblen antipàtiques. De fet, la precisió, l'ordre minuciosament establert i –en un terreny purament metafísic– la higiene de les idees, asseguraven la permanència de l'espiral com a institució d'utilitat pública.

El que s'esdevingué després es podria atribuir al fet que la perfecció mateixa (ajustant-la a la nostra mesura terrenal) no està del tot bé. Aquesta pugna amb la significació exacta de les paraules era un fenomen que es presentà inadvertidament al principi, però que va créixer tan de pressa que aviat va afectar la claredat dels conceptes. Els ciutadans, quan tenien lleure de reflexionar, pensaven que les coses podien tenir tal valor, o bé un altre d'absolutament oposat, o que no en tenien cap. Això darrer, en particular, creava desconcert i feia que no tan sols la joventut, sinó fins i tot persones d'edat madura es dediquessin a l'esport amb desesperació.

Plantejats els fets així, havent deixat de banda només aquelles coses que contribuïen a fer més pesat el present memoràndum sense ajudar a fer-lo més entenedor, és possible endevinar el final per simple deducció: Si algú, atret pels exercicis d'agilitat mental vol posar a prova la seva, que tapi amb un full blanc les ratlles que segueixen i fàcilment pressentirà llur contingut. Així i tot, per a aquells els deures dels quals els impel.leixen a cenyir-se, segueix la relació.

El doctor Robins, un divendres de finals d'estiu, va llevar-se amb un indefinible mal humor. De bon matí, va donar al coronel unes quantes mirades que glaçaven l'ànima i no es treia la mà dreta de l'infern de l'americana, empunyant la pistola. Ell mateix no hauria pogut explicar què li passava però estava segur que li passava quelcom. Potser, una molèstia lleu a la regió cordial, o un bategar que li retrunyia a les temples i el posava nerviós.

Poc abans de les onze sentí una punxada al cor i l'angoixa d'un esvaniment. La por que el soroll que faria en caure no fos mal interpretada pel coronel i li produís alarma (amb les conseqüències tan poc afortunades per al doctor que es podien preveure) va fer que el savi mobilitzés tota la força del seu instint. A mig desmai, abans d'arribar a terra, va treure's l'arma i disparà un tret que va allotjar-se al pit del militar. El qual, a desgrat de l'angoixa de la ferida, desenrotllà una gran rapidesa de reflexos. «L'espetec del dispar –pensà– produirà un sobresalt al diputat i qui sap si, per pura educació de l'esma, tocarà el commutador.» I, en efecte, tingué el temps just d'aturar amb una bala ben dirigida el diputat qué ja allargava les mans cap el dispositiu elèctric.

No és rara l'observació que les coses ben meditades i ben preparades, encara que finalment es despleguin al revés a causa d'imponderables, frueixin de la previsió i el bon ordre amb què d'antuvi havien estat beneficiades. El polític es resistí a començar l'agonia abans de disparar la seva arma damunt el guàrdia de la presidència, el qual – ferit de mort i amb els ulls esbatanats per l'estupor– girà el

to be made, it was because of that all too human tendency to distrust things that seem too good to be true. In fact the precision, the meticulously established order, and – on a purely theoretical plane – the purity of the ideas, assured the spiral's continuance as an essential public service.

What happened next may be due to the fact that even perfection (as measured by earthly standards) isn't always a good thing. The struggle with the exact meaning of words was a phenomenon which had passed unnoticed in the beginning, but which spread so quickly that it soon affected the clarity of concepts. Citizens who had time to reflect saw that words might mean one thing, or perhaps something totally different, or even nothing at all. This last, in particular, caused some uncertainty and prompted not only the young but also people of mature years to take up sports in desperation.

Having laid the facts before you, omitting only those tedious details which would not have clarified this chronicle, you can now guess the outcome by simple deduction. If, attracted by exercises of mental agility, you want to test this for yourself, cover up the lines that follow with a piece of white paper and you will easily predict their content. Meanwhile, for those with pressing commitments, our story continues.

One Wednesday towards the end of summer, Dr Robins awoke feeling vaguely bad-tempered. Early that morning he gave the Colonel several icy looks and never removed his hand from his inside jacket pocket where he clutched the pistol. He couldn't have said himself what was wrong, but he was sure something was amiss. Perhaps he had a slight pain in his chest, or a headache which thundered at his temples and made him irritable.

A little before 11 o'clock he experienced a stabbing pain in the chest and felt faint. He was afraid the noise he would make falling down might be misinterpreted by the Colonel and alarm him (with all the unfortunate consequences for the Doctor that may be imagined). So the scientist mustered all his instinctive strength. Half-fainting and before hitting the ground he took out his weapon and fired a bullet which lodged itself in the officer's chest. The latter, despite the agony of his wound, displayed amazingly sharp reflexes. "The sound of the shot," he thought, "will frighten the Senator and he might press the switch automatically." And, sure enough, he had just enough time to stop the Senator with a well-aimed bullet, as the latter was making a move towards the switch.

It is commonly observed that when events are well thought-out and prepared, even if they finally take place backwards owing to unforseen circumstances, they reflect their initial planning and careful organization. The politician held off his death throes long enough to fire his weapon at the presidential guard who, mortally wounded and with eyes wide in amazement, turned his Mauser on his own guardian

màuser contra el seu vigilant, que amb treballs aconseguí tombar-se i disparar cap endarrera. Successivament, tota l'espiral cremà com un lluquet.

Des de Venus, grups d'especialistes amb aparells observaven perplexos com la humanitat es retirava amb el mínim de soroll i gairebé sense fum, amb una condícia i un sentit de la geometria que contrastava amb altres civilitzacions que, per a desaparèixer, havien hagut d'espernegar i vociferar.

Ara cal considerar que aquestes ratlles són el símil de la carta dirigida al jutge. S'entén; l'acostumada carta destinada a impedir que recaiguin sospites damunt de tercers. En aquest cas la simple al.lusió a terceres persones té un aire còsmic impressionant, que, acompanyat de disposicions testamentàries, assegura el posat solemne i convenient. Es podria interpretar que la Terra llega el botó vermell i els plànols de l'espiral –intactes– als habitants de qualsevol altre planeta que també tingui precisió de desaparèixer i desitgin fer-ho amb el mateix virtuosisme.

who, with an effort, succeeded in turning and firing behind him. Step by step, the entire spiral burned itself out like a match.

Out on Venus, groups of perplexed experts observed through their telescopic apparatus as humanity extinguished itself with a minimum of fuss and hardly any smoke, with a neatness and sense of geometry which contrasted with other civilizations which had had to kick and shout in order to vanish.

It is worth bearing in mind that these lines are very like the letter written to the Judge. You know: the standard letter designed to prevent suspicion falling on third parties. In this case the mere allusion to third parties sounds impressively universal, and, when accompanied by testimonies, ensures that the mood will be suitably solemn. It could be said that the Earth bequeathed the red button and the plans for the spiral – intact – to the inhabitants of any other planet who were similarly inclined to end it all and wished to do so with the same virtuosity.

BIBLIOGRAPHY

FICTION BY PERE CALDERS
(Unless otherwise indicated, the place of publication is Barcelona)

EL PRIMER ARLEQUÍ (Quaderns Literaris, 1936) (Edicions de la Magrana, 1983)
LA GLÒRIA DEL DOCTOR LARÉN (Quaderns Literaris, 1936)
CRÒNIQUES DE LA VERITAT OCULTA (Editorial Selecta, 1955) (Edicions 62, 1979)
GENT DE L'ALTA VALL (Alberti Editor, 1957) (Edicions 62, 1980)
DEMÀ A LES TRES DE LA MATINADA (Alberti Editor, 1959) (Edicions 62, 1980)
L'OMBRA DE L'ATZAVARA (Editorial Selecta, 1964) (Edicions 62, 1980)
AQUÍ DESCANSA NEVARES (Alfaguara, 1967) (Edicions 62, 1980)
TOTS ELS CONTES (Llibres de Sinera, 1968) (Editorial J Tremoleda, 1973)
INVASIÓ SUBTIL I ALTRES CONTES (Edicions 62, 1978)
ANTAVIANA (Edicions 62, 1979)
RONDA NAVAL SOTA LA BOIRA (Edicions 62, 1981)
TOT S'APROFITA (Edicions 62, 1983)
EL SABEU AQUELL (Editorial Casals, 1983)
TRES PER CINC, QUINZE (Ed. La Gaia Ciència, 1984)
DE TEVES A MEVES (Editorial Laia, 1984)
ELS NENS VOLADORS (Argos Vergara, 1984)
OBRES COMPLETES (VOLS I AND II) (EDICIONS 62, 1984)
LA REVOLTA DEL TERRAT I ALTRES CONTES (Editorial Laia, 1984)
TRIA PERSONAL (Edicions 62 and Ed. Destino, 1984)
UN ESTRANY AL JARDÍ(Edicions de la Magrana, 1985)
GAELI I L'HOME DEU (Edicions 62, 1986)
OBRES COMPLETES (VOL III) (Edicions 62, 1987)

NON FICTION

ACOLMAN: UN CONVENTO AGUSTINO DEL SIGLO XVI (Mexico: Editorial Atlante, 1946)
UNITATS DE XOC (Ed. Forja, 1938) (Edicions 62, 1983)
JOSEP CARNER (Editorial Alcides, 1964)
VEURE BARCELONA (Editorial Destino, 1984)
EL DESORDRE PÚBLIC (Editorial Empùries, 1985)

SELECT BIBLIOGRAPHY OF STUDIES OF PERE CALDERS' WORK

AMORÓS MOLTO, Amparo, 'Pere Calders, cronista de la verdad oculta,' *Insula*, 420 (1981), 3.

ARIMANY, Miquel, 'Fantasia i realitat en l'obra de Pere Calders', *Pont Blau*, 47/48 (1956), 297-8.

ARNAU, Carme, Prologue to *Cròniques de la veritat oculta*, (Barcelona: Edicions 62, 1979).

BALAGUER, Josep M., Review of *Invasió subtil i altres contes*, *Els Marges*, 15, (1979), 123-4.

BARTRA, Agustí, 'L'Espiral de Pere Calders', *Gaseta de lletres* (literary supplement to *La nova revista*, 4 (1956), 18-19.

BATH, Amanda, 'Treure la pols a un llibre de Pere Calders, "Gaeli i l'home deu",' *El Pais*, 25 May 1986.

BATH, Amanda, *Pere Calders: Ideari i ficció* (Barcelona: Llibres a l'abast/Edicions 62, 1987).

BATH, Amanda, 'Pere Calders,' *Catalan Writing I* (Barcelona: Institució de les lletres catalanes, 1988), 25-6.

BOU, Enric, 'El premi "Víctor Català": una aproximació al conte català sota el franquisme,' *Els Marges*, 12 (1978), 102-8.

BOU, Enric, Review of *Invasió subtil i altres contes*, *Serra d'Or*, 21 (1979), 265.

BROCH, Alex, 'Pere Calders: més enllà del realisme,' *El Correo Catalán*, 13 January 1979, 19.

BROCH, Alex, Review of *Invasió subtil i altres contes*, *Taula de Canvi*, 13 (1979), 116-9.

BUSQUETS, Lluis, 'Pere Calders, optimista i arlequí, entre la realitat i la fantasia,' *Foc-Nou*, 76/77 (1980), 28-30.

BUSQUETS, Lluis, *Plomes catalanes contemporànies* (Barcelona: Edicions del Mall, 1980), 83-92.

CADENA, J. M., 'Cuando Pere Calders fue el dibujante "Kalders",' *Diario de Barcelona*, 18 June 1972, 18.

CAMPILLO, Maria, *El Conte de 1911 a 1939* (Barcelona: Edicions 62, 1983).

CASTELLET, J. M., *Narracions catalanes del segle XX* (Barcelona: Edicions 62, 1973).

CENTELLES, Esther, ed., *El conte des de 1939* (Barcelona: Edicions 62, 1981).

CID, Felip, Prologue to Calders, Pere, *Tots els contes (1936-1967)* (Barcelona: Llibres de Sinera, 1968).

COCA, J., 'Pere Calders: una invasió subtil,' *Serra d'Or*, 22 (1980), 227-32.

COMAS, A., ed., *Antología de la literatura catalana* (Barcelona: Editorial Vox, 1980).

CONSUL, Isidor, 'Pere Calders: ficció de present i repte de futur,' *Avui*, 2 August 1987.

DE LASA, Joan Francesc, '"Coses de la providéncia" de Pere Calders (de la creación artística como función onírica),' *El Correo Catalán*, 10 September 1980, 34.

ESPINÀS, J. M., 'Fichas de autor: Pere Calders,' *Destino*, 31 July 1965, 83.

FAULÍ Josep, 'El Mèxic de Calders,' *Tele-Estel*, 84 (1968), 14.

FAULÍ, Josep, 'Realitat i irrealitat, tot és u: els contes de Pere Calders,' Unpublished dissertation, University of Barcelona, 1977.

FAULÍ, Josep, 'Paraules i notícies de Pere Calders, senyor d'"Antaviana",' *Serra d'Or*, 21 (1979), 555-9.

FEBRÉS, Xavier, ed., *Diàlegs a Barcelona: Joan Oliver/Pere Calders* (Barcelona: Editorial Laia, 1984).

FERRER, Miquel, 'La consagració de Pere Calders,' *Pont Blau*, 84/85 (1959), 295-7.

FUSTER, Joan, *Literatura catalana contemporània* (Barcelona: Curial, 1972).

GUTIÉRREZ, Fernando, Prologue to *Antología de los cuentos de Pere Calders* (Barcelona: Edicions Polígrafa, 1969).

JANÉ, Albert, Prologue to Calders, Pere *Tots els Contes (1936-1967)*, second edition (Barcelona: J Tremoleda, 1973).

MANENT, Albert, *La literatura catalana a l'exili* (Barcelona: Curial, 1976).

MELCION, Joan, Prologue to *Invasió subtil i altres contes* (Barcelona: Edicions 62, 1978), 5-15.

MELCION, Joan, Introductory study to *Aquí descansa Nevares i altres narracions mexicanes* (Barcelona: Edicions 62, 1980), 7-31.

MELCION, Joan, Prologue to *Croniques de la veritat oculta* (Barcelona: Les naus d'Ampuries, 1986).

MOLAS, Joaquim, *La literatura de postguerra* (Barcelona: Rafael Dalmau, 1966).

PONT, Jaume, 'Pere Calders o la imaginación como norma,' *Destino*, 26 April 1979.

PONT, Jaume, 'El cicle mexicà de Pere Calders,' *Avui*, 4 January 1981, 21.

PONT, Jaume, 'Imaginación y paradoja en Pere Calders,' *Insula*, 420 (1981), 3-4.

RIERA, Ignasi, 'Calders coloca una bomba en el corazón de la sociedad,' *El Periódico*, 9 February 1985, 29.

ROIG, Montserrat, 'Pere Calders i el seu món,' *Serra d'Or*, 13 (1971), 589-91.

ROIG, Ramon, 'L'Obra de Pere Calders,' *Horitzons*, 4 (1961), 31-6.

SALADRIGAS, Robert, 'Pere Calders en sus moradas,' *La Vanguardia*, 15 November 1979, 43.

SIMÓ, Isabel-Clara, 'El tendre humor de Pere Calders,' *Canigo*, 620 (1979), 10-12.

TASIS I MARCA, Rafael, 'Un narrador excepcional: Pere Calders i les seves *Cròniques de la veritat oculta, Pont Blau*, 32 (1955), 202-4.

TASIS I MARCA, Rafael, Review of L'Ombra de l'atzavara, Serra d'Or, 6 (1964), 384-6.

TORRES, Estanislau, Els escriptors catalans parlen (Barcelona: Editorial Nova Terra, 1973).

TRIADÚ, Joan, *Antologia de contistes catalans (1850-1950)* (Barcelona: Editorial Selecta, 1950).

TRIADÚ, Joan, Prologue to *Cròniques de la veritat oculta*, first edition (Barcelona: Editorial Selecta, 1955).

TRIADÚ, Joan, 'Alta qualitat: contes de Pere Calders i Jordi Sarsanedes,' in *Llegir com viure* (Barcelona: Editorial Fontanella, 1963), 112-15.

TRIADÚ, Joan, Review of *L'Ombra de l'atzavara, Serra d'Or*, 6 (1964), 237.

TRIADÚ, Joan, 'Pere Calders: hipòtesis i miratges,' *Avui*, 7 January 1979, 24.

TRIADÚ, Joan, 'Un exili signat Pere Calders,' in *Una cultura sense llibertat* (Barcelona: Editorial Proa, 1979), 108-12.

TRIADÚ, Joan, *La novel.la catalana de postguerra* (Barcelona: Edicions 62, 1982).

VILLATORO, Vicenç, 'Pere Calders,' (interview published in English), *Catalonia*, March 1987, 17-21.